Gunter Gerlach

Bei Einbruch Mord

Brahms ermittelt

Ein Ellert & Richter Krimi

Als der Wolf spürte,
dass der Mensch seine Rolle übernahm,
erfand er den Hund,
um den Menschen zu domestizieren.

Nofretete, genannt Noffi

1

Brahms erwachte durch einen Anruf. Das Klingeln die pure Ungeduld. Dazu Sonnenlicht auf dem weißen Bettlaken. Zu früh. Ein Einbruch von Unbarmherzigkeit. Vielleicht die Reflexion eines schräg stehenden Fensters an einem der Häuser im Hinterhof. Ein Einfallwinkel, den die Lamellen seiner Jalousie nicht aufzuhalten vermochten. Brahms spürte noch die Schatten des Alkohols vom gestrigen Abend im Körper. Das Licht blendete ihn, und er tastete nach dem Telefon. Ein Stück Eis. Es rutschte ihm aus der Hand, fiel in das weiße Gebirge seines Bettes, und er fand es gerade noch, bevor der Rufton endete.
Er hörte ein weißes Rauschen, wie es Tontechniker kennen, und glaubte an eine technische Störung. Doch nach und nach ergaben die Frequenzschwankungen eine Stimme, der allerdings jegliche Charakteristik fehlte. Die Stimme eines Geistes, eines Toten. Ein Klangkörper, der sich ständig veränderte wie eine Wolke. Ein Anruf aus dem Jenseits. Ein Scherz?
Er wollte schon fragen, ob es Großvater wäre, der mit seiner Begeisterung für die Nazis während der dreißiger Jahre des letzten Jahrhunderts immer noch samt einer altmodischen Telefonzelle zwischen Himmel und Hölle schwebte, als er die Worte verstand. Eine War-

nung. Ein Mann sagte, er solle seinen Auftrag, die Aufklärung eines Mordes, nicht weiter verfolgen. „Die Angelegenheit gehört in die Hände der Polizei."
Ein solcher Satz konnte nur auf der Erde gesprochen werden. Hinter der Geisterstimme verbarg sich ein realer Mensch.
Der Mann wiederholte seine Botschaft mehrere Male, war sich also bewusst, dass er schwer zu verstehen war. Brahms hatte eine Idee, wie die Geisterstimme entstand. Das Telefon wurde gegen einen Elektromotor gedrückt. Ein Staubsauger, ein Elektrorasierer oder gar der Motor eines Autos im Leerlauf. Nein, es musste anders sein. Der Mann hatte seinen Hals oder seinen Kiefer gegen den Motor gepresst, so dass die Schwingungen die Stimmbänder vibrieren ließen. Brahms hatte ein Bild vor Augen: ein Mann unter der Motorhaube seines Wagens, den Kopf auf den Motorblock gelegt, telefonierend.
Selbst verstellte oder elektronisch verfremdete Stimmen wurden mittels Computertechnik wieder identifizierbar. Möglicherweise war diese Methode perfekt, eine Stimme zu anonymisieren.
Brahms schwieg. Er wusste nichts zu sagen. Die Warnung war sinnlos. Er hatte keinen Auftrag, schon gar nicht, einen Mord aufzuklären.
Und als ihm einfiel, nachzufragen, um was es ginge, und sich nach der Identität des Anrufers zu erkundigen, ihm zu sagen, dass er keinen Auftrag habe, war die Verbindung schon getrennt.

Es blieb das Gefühl zurück, hundert Jahre geschlafen zu haben und jetzt in einer fremden Welt zu leben. Wenn er jetzt aufstand, ans Fenster ging und hinausschaute, stellte er vielleicht fest, dass sich alles verändert hatte. Vielleicht telefonierten draußen auf der Straße alle Menschen mit dem Kopf unter der Motorhaube ihrer Autos.

2

Etwa eine halbe Stunde später erwachte er erneut vom Klingeln des Telefons. Er fand es unter seiner Bettdecke, jetzt gut gewärmt. Ein Handschmeichler. Der Klingelton hatte keine Eile. Brahms setzte sich auf den Bettrand und schaltete den Anrufbeantworter ein, um das Gespräch aufzuzeichnen. Vielleicht gelang es doch, die Geisterstimme zu entlarven. Aber diesmal war es sein Onkel Bruno, der ihn bat, ab Mittag auf seine Hunde aufzupassen.

„Die lässt du doch sonst auch allein."

„Gestern ist in die Hütte der Hundeschule eingebrochen worden. Und die Hunde haben es geschehen lassen, verstehst du?"

„Sie kannten den Einbrecher?"

„Hunde sind korrumpierbar. Wir wissen beide, wie man es macht. Nach drei Begegnungen habe ich jeden Hund so weit, dass er sich über mein Kommen freut."

„Und das waren mal Wölfe!"

Sein Onkel lachte, ein bisschen wie ein Motor, der schwer ansprang und schwarzen Qualm hustete. Brahms wusste genau, wie Bruno roch. Nicht das Aussehen, sondern diesen typischen Duft seines Onkels erinnerte er immer zuerst. Eine Mischung aus Erde,

Holz und Rauch. Brahms' Welt war immer zuerst Geruch. Er fühlte sich als halber Hund.
Er versprach zu kommen und legte auf. Es war halb neun. Zeit genug und viel zu früh für einen privaten Ermittler ohne laufenden Auftrag, der sein Leben als Rockmusiker und Barmann fristete und die lohnende Arbeit im Kaffeehandel der Familie ausschlug. „Brahms – Kaffee wie Musik", stand nicht weit entfernt an der Stirnmauer eines Hauses als permanente Mahnung seines Vaters.
Er ließ sich in das Kissen zurückfallen. Es richtete sich rechts und links auf und versuchte, ihm die Ohren zu verschließen. Vor Anrufen und Versuchungen des Reichtums. Vergeblich.
Wieso brach jemand die Blockhütte seines Onkels auf, was konnte man dort finden außer Hundefutter?
Er hatte vergessen nachzufragen, ob etwas gestohlen worden war. Vielleicht war das Ganze ein fingierter Test, inszeniert von seinem Vater, um ihm dann vorzuwerfen, er sei als Detektiv unfähig und nicht mal in der Lage, ein Verbrechen zu lösen, bei dem ein Familienmitglied geschädigt wurde.
Vielleicht war schon die Geisterstimme eine Erfindung seines Vaters, um ihn endlich dazu zu bringen, in das Familienunternehmen einzusteigen.

3

Nur Minuten später erwachte Brahms das dritte Mal. Die Türklingel, eine Oktave höher als das Telefon. Der Ton zögerte, setzte zwischendurch aus, schwankte. Brahms knurrte, doch dann schwenkte er die Beine aus dem Bett und ging schwankend zur Tür.

Ein Pizzabote stand vor ihm, streckte ihm einen flachen Karton entgegen. Familiengröße.

„Habe ich nicht bestellt", bellte Brahms.

„Nicht?" So richtig gelangen dem jungen Pizzaboten die Falten auf der Stirn nicht. Nur sein kleiner Ziegenbart richtete sich etwas auf.

„Nein, wirklich nicht." Er versuchte, seine Stimme zu besänftigen, und ergänzte: „Es tut mir leid."

Er schloss die Tür, sah auf die Uhr und fragte sich, wer wohl zum Frühstück eine Pizza bestellte. Vielleicht Handwerker.

Die Warnung vor einem Auftrag fiel ihm wieder ein. Vor zwei Wochen hatte ihm ein Bekannter die Überwachung seiner Ehefrau angeboten. Er glaubte, von ihr betrogen zu werden, und wollte Gewissheit. Brahms hatte abgelehnt. Männer, die wissen wollen, ob ihre Frauen sie betrügen, betrügen meist ihre Frauen.

Er hatte das Gefühl, einen weiteren Anruf zu bekommen, der ihm die Stimme aus dem Jenseits erklären würde. Er stellte sich neben das Telefon und wartete. Aber gar nichts geschah.

Draußen auf der Straße schabte Blech auf Asphalt. Er ging zum Fenster. Durch eine Parklücke sah er den Motorroller des Pizzaboten. Er lag auf der Seite, der Transportkasten hinter dem Sitz hatte sich geöffnet. Der Pizzabote saß daneben und rieb sich das Knie. Zwei Passanten eilten ihm zu Hilfe. Ein Mann in einem zu großen grauen Anzug schien mit ihm zu schimpfen. Brahms entdeckte den Pizzakarton. Er war herausgeschleudert worden, hatte sich geöffnet. Es war keine Pizza darin. Aber vielleicht war sie unter einen parkenden Wagen gerutscht. In diesem Moment schob sich ein einparkendes Auto vor seine Sicht.

Keine Pizza! Er nickte. Jetzt erinnerte sich Brahms, dass ihm schon an der Tür der Pizzageruch gefehlt hatte. Hatte der Bote ihm einen leeren Karton verkaufen wollen?

Und plötzlich wusste er, dass sich wirklich alles über Nacht verändert hatte. Stimmen aus dem Jenseits, Einbrüche in Hundehütten und Pizzaboten ohne Pizza. Die Erdachse hatte sich wahrscheinlich verschoben. Als nächstes würden Hunde zu sprechen beginnen.

4

„Komm schon“, sagte die schwarze Hündin. Laute, die aus einem Gähnen heraus entstanden waren. Oder hatte sie wirklich gesprochen? Sie lief auf ihn zu, und auf sein Handzeichen hin erstarrte sie in der Bewegung. Ihre Augen rundeten sich, sie fixierte ihn, registrierte jede seiner Bewegungen. Nur ihr Fell wurde von einem Windstoß bewegt, floss als dunkles Wasser an ihrem Körper herab. Brahms forschte in ihren braunen Augen. Der Eingang zu einem gläsernen Tunnel einer Zeitreise. Er sah am Ende, das ein Anfang war, den Wolf. Sah die gerade Abstammungslinie bis zur Urmutter aller Hunde. Und er sah sich selbst, den Jäger, der ihr gegenüberstand. Damals, als die Zeit noch Chaos war, die Welt Wildnis und das Leben Hunger.

Mensch und Tier. Beide waren sie überrascht, in der Bewegung erstarrt. Die Wölfin hatte die Ohren zurückgelegt, hob die Lefzen. Sie hatte einen Wurf Welpen zu verteidigen. Und der Jäger brauchte Fleisch, um seine Sippe am Leben zu erhalten. Aber Wölfen ging man aus dem Weg. Ein Wolf kam nie allein. Hinter dem Tier regte sich etwas unter dem Gebüsch. Die Rotte lauerte im Unterholz. Der Jäger spürte ihren heißen Atem auf seiner Haut. Gegen die Übermacht einer Wolfsmeute hatte er keine Chance.

Das dunkle Fell auf dem Rücken der Wölfin richtete sich zu einem scharfen Kamm auf. Der Jäger wusste, bei der kleinsten Bewegung griff sie mit einem Sprung an. Er hatte keine Chance. Selbst wenn es ihm gelang, schnell genug den Speer zu heben. Einen der Wölfe würde er vielleicht töten können, eine ganze Meute nicht.
Aus der Kehle der Wölfin löste sich ein Gurgeln. Rollende Kiesel in einer dunklen Schlucht, die sie beide gefangen hielt. Der Jäger versuchte einen Abwehrzauber, drei Laute gezischt. Mach mir Platz! Bei einer Raubkatze hatte es funktioniert.
Diesmal nützte es nichts.
Die Wölfin duckte sich, spannte die Muskeln zum Sprung. Der Jäger hielt den Speer in Hüfthöhe. Wo waren die anderen Jäger? Wenn sie jetzt hinter ihm auftauchten, würde die Wölfin fliehen. Die lauernde Rotte vielleicht auch. Und wenn er es mit einem lauten Ruf versuchte?
Zu spät. In diesem Moment stieß sich die Wölfin ab und sprang. Der Jäger hob seinen Speer, ohne zielen zu können, und fiel vom Anprall des Tieres auf den Rücken. Scharfe Krallen zogen eine blutige Spur über seine Schulter, aber kein weiterer Angriff folgte. Der Jäger richtete sich auf. Hinter ihm lag die Wölfin, den Speer in der Brust. Ihr Tod kam mit einem tiefen Atemzug.
Nicht die Rotte hatte im Gebüsch gelauert. Der Jäger fand einen der Welpen. Das war die Bewegung, die er

im Blattwerk gesehen hatte. Das kleine Tier wollte vor ihm fliehen, stolperte aber über seine eigenen Pfoten. Er griff es im Nacken.
Mit der Mutter als Beute über der Schulter und dem Welpen als Spielzeug für seine Tochter trat er den Heimweg an. Was er im Arm trug, war der erste Haushund, die Urmutter aller Hunde. Die Welt wurde Hund.
Brahms kehrte zurück in die heutige Zeit. Die Welt wohlgeordnet in Netze, Systeme und Räume. Das Chaos existierte nur noch in den Menschen.
Die schwarze Hündin hatte ihre Augen nicht für einen winzigen Sekundenbruchteil von ihm gelassen. Sie wartete auf einen Befehl. Nur noch ein kleiner Rest Wolf in ihr, vollständig gebändigt. Brahms neigte den Kopf ein wenig nach links, und die Hündin lief nach links, bis er den Kopf wieder aufrichtete. Sie stoppte sofort. Er nickte, und sie setzte sich. Eine Dressur, die der erste gezähmte Wolf noch nicht beherrscht hatte. Aber nur wenige Generationen genügten, und der Mensch machte aus dem Wolf ein Tier, das sich mit vorbehaltloser Liebe und Geduld dem Menschen zur Verfügung stellte. Denn die Menschen unterscheiden sich kaum von den Wölfen.
Die schwarze Retriever-Hündin hob die Schnauze, streckte sie ein wenig vor und gab ein kurzes Geräusch von sich, einem Räuspern ähnlich. Sie teilte Brahms auf diese Weise mit, dass da noch etwas anderes war. Etwas Fremdes. Brahms hob die Nase in die Luft. Die Hündin richtete sich auf, tat es ihm gleich.

Beide betrachteten das dichte Gebüsch rund um die Wiese im Klövensteener Forst, auf der Brahms' Onkel ein Blockhaus hatte und seine Hundeschule betrieb. Die Hündin nickte nach rechts. Zwei Büsche in der Form eines sich aufrichtenden Bären. Ein Windstoß, und die Blätter änderten die Farbe. Wenn da jemand war, so verstand er es gut, sich zu verbergen, denn die anderen Hunde auf der Wiese lagen träge im Gras. Die Hündin aber hatte etwas Ungewöhnliches registriert. Sie forschte in Brahms' Mimik nach einem Befehl. Würde er die Augenbrauen heben, würde sie mit Gebell losstürmen. Ohne Rücksicht auf Leib und Leben. Vom Tod ahnte sie nichts. Das war gewiss. Aber Brahms zweifelte daran, dass Hunde in einem ewigen Jetzt lebten. Hunde können sich sehr genau an Orte und Ereignisse erinnern. Zwar fehlt ihnen die Sprache, um Vergangenes zu beschreiben, aber auch da war sich Brahms nicht sicher. Hunde verständigen sich mit Gesten, Lauten, Haltungen und Bewegungen. Und damit gelingt es ihnen, andere Hunde zur Ruhe zu bringen, abzuschrecken oder zur Wiederholung eines Spiels aufzufordern und sogar ihre Besitzer zu einer Aktion zu bewegen. Ein kleiner Beweis, dass es im Denken der Hunde nicht nur Vergangenheit, sondern auch Zukunft gibt. Wenigstens ein kleines bisschen Zukunft.
Der Mensch ist Gefangener vermeintlicher Zukunft, ihm diktiert sie die Gegenwart.
Brahms gab ihr das Zeichen, bei Fuß zu gehen. Die Hündin kam sofort. Er ging auf den Rand des Platzes

zu. Alle anderen Hunde hoben die Köpfe, richteten ihre Aufmerksamkeit auf Brahms. Vielleicht stammte auch Brahms in direkter Linie von jenem ersten Jäger ab, der mit der Dressur eines Wolfes begonnen hatte. Brahms zeigte mit der flachen Hand in Richtung der Hunde, und sie senkten die Köpfe zurück ins Gras.
Er spazierte mit der Hündin nicht auf direktem Weg, sondern scheinbar ziellos bis an den Maschendraht. Jetzt spürte auch er, dass da jemand war, reglos verharrte. Zu sehen aber war nichts. Die Hündin hatte die Lefzen oben, blieb stumm.
In diesem Moment hörte er einen Wagen. Das typische Geräusch eines Dieselmotors. Sein Onkel Bruno kam mit dem Landrover zurück. Brahms ging ihm entgegen. Die Hündin wich noch immer nicht von seiner Seite. Alle anderen Hunde jagten voraus.
Bruno stieg aus, nickte ihm zu und lud zwei Säcke mit Hundefutter aus dem Wagen. Brahms nahm ihm einen ab.
„Waren alle brav?“, fragte der Onkel und korrigierte sich sofort: „Was für eine Frage, wenn der Hundegott persönlich aufpasst. Mich wollen die Biester immer reinlegen. Die denken, ich merke es nicht.“
Sie stellten das Hundefutter in der Blockhütte ab.
„Was heißt, die wollen dich reinlegen?“, fragte Brahms. Sein Onkel rieb sich den Dreitagebart. Die grauen Stoppeln knirschten. „In letzter Zeit habe ich das Gefühl, sie machen sich lustig über mich.“ Er winkte Brahms heran und senkte die Stimme. „Wenn ich sie

dressiere, schneiden sie Grimassen hinter meinem Rücken."

„Hunde schneiden Grimassen?"

„Ja. Sie wackeln abwechselnd mit den Ohren, strecken mir die Zunge heraus und wiegen den Kopf hin und her."

„Und reden tun sie nicht?"

„Ich habe manchmal tatsächlich das Gefühl, sie können es."

„Und was erzählen sie?"

„Manchmal höre ich ein Wort, einen Halbsatz. Aber wenn ich sie ansehe, tun sie so, als hätten sie nichts gesagt."

Brahms lächelte. „Ich kann dir eine neue Dressur vorführen", sagte er.

„Wie lange war ich weg? Drei Stunden? Und du hast bereits ein neues Kunststück eingeübt. Na gut."

Sie gingen nach draußen, und Brahms rief die schwarze Retriever-Hündin.

„Mit Noffi, natürlich, deiner Lieblingshündin", sagte der Onkel, setzte sich auf die Bank vor der Hütte und verschränkte die Arme vor der Brust. Brahms platzierte Noffi, die eigentlich Nofretete hieß, in etwa fünf Metern Entfernung und lenkte die Hündin ausschließlich durch seine Mimik.

Bruno applaudierte. „Und ich dachte schon, es kommt eine Zirkusnummer. Ich habe neulich versucht, das einem Polizeihund beizubringen. Einen Hund wortlos zu lenken, wäre ja bei der Polizei besonders wichtig.

Und es gibt wohl kaum ein Tier, das die Mimik eines Menschen so genau lesen kann wie ein Hund."

Brahms verabschiedete sich von allen Hunden und gab seinem Onkel die Hand.

„Geh noch zu Hause vorbei, dein Vater will dich sprechen", sagte Bruno.

„Geht es wieder um meinen Eintritt in den Kaffeehandel der Familie?"

Bruno lachte. „Nein. Bei euch in der Nachbarschaft ist ebenfalls eingebrochen worden. Du sollst dich um eine modernere Alarmanlage kümmern."

Brahms nickte. „Ich würde statt Technik einen Hund empfehlen."

„Und dann passiert das, was hier passiert ist." Er zeigte auf die aufgebrochene und notdürftig reparierte Tür seiner Hütte. „So weit ist es mit den Hunden gekommen. Sie sind die besten Freunde des Einbrechers."

Brahms verließ das Gelände und ging durch das kleine Wäldchen zur Hauptstraße, an der er seinen Wagen geparkt hatte. Er spürte, dass jemand hinter ihm war, und im gleichen Moment bekam er den Lauf einer Pistole in den Rücken gedrückt. „Nicht umdrehen", zischte jemand.

Brahms hob die Hände bis auf Brusthöhe. „Was wollen Sie?"

„Ich will Sie beauftragen. Und es ist besser, Sie kennen mich nicht." Eine verstellte Stimme. Rollend wie das Knurren eines Wolfes.

„Ich werde Ihren Auftrag nicht annehmen."

Ein Flüstern kam zurück. „Das werden Sie.“
Der Fremde steckte ihm einen Umschlag in die Hosentasche. „Bevor Sie sich umdrehen, zählen Sie langsam bis zwanzig.“ Erneut wurde aus Sprache ein Knurren und Fauchen.
Brahms zählte bis zehn und drehte sich um. Es war niemand mehr da. Die Spuren auf dem Sandweg hinter ihm zeigten keine eindeutigen Abdrücke. Er suchte den Wegrand ab, aber es gab viele Möglichkeiten, sich in die Büsche zu schlagen und zu verschwinden. Ein Stück Holz lag zu seinen Füßen. Es war die vermeintliche Waffe gewesen, deren Lauf er im Rücken gespürt hatte.
Er zog den Umschlag aus der Tasche. Es waren nur Geldscheine darin.
Zehntausend Euro!
Er dachte daran, zurückzugehen und Noffi an dem Umschlag schnuppern zu lassen. Die Hündin könnte sicher noch eine Spur finden. Er roch selbst daran. Der Duft einer Chemikalie ätzte ihm die Nasenwände. Der Fremde hatte an alles gedacht.

5

Der Verkehr um ihn herum auf der Osdorfer Landstraße Richtung Innenstadt war plötzlich so dicht, dass er den Eindruck hatte, eingeklemmt zu sein. Die Autos auf den zwei Fahrspuren zogen und schoben sich aneinander vorbei. Der Grund für den Stau war die fest installierte Blitzampel. Jeder kannte ihren Standort und wagte nicht, zu schnell zu fahren.
Brahms dachte an die Warnung am Morgen, und plötzlich wusste er, dass sie wahrscheinlich Teil der Inszenierung war, die ihn dazu bringen sollte, den Auftrag anzunehmen. Er beobachtete alle mit ihm und hinter ihm fahrenden Wagen, jene, die ihn kurzfristig überholten, dann wieder zurückfielen. Auch ein Pizzabote mit schwarzem Helm, der kein Gesicht zeigte, war dabei. Aber jeder von ihnen konnte ein Verfolger sein oder keiner. Wieso hatte er, der fast die Instinkte eines Hundes besaß, den Mann im Wald hinter sich nicht kommen hören?
Brahms' Handy gab Signal. Eine SMS. Hinter dem Elbe-Einkaufszentrum bog er ab und fand eine Parklücke. Er holte sein Telefon hervor und las die Nachricht. „Einbruch mit einer toten Frau."
Zweifellos sein Auftrag. Ließen sich solche Nachrichten nicht zurückverfolgen? Er hatte nicht vor, einen

Fall zu übernehmen, bei dem sich der Auftraggeber nicht offenbarte. Welche Interessen verfolgte der Mann? Trotzdem fuhr Brahms ins Parkhaus des Einkaufszentrums und ging in die Ladenpassage. Nur alte Menschen wankten ihm entgegen. Frauen mit Hamstergesichtern und Männer mit der Physiognomie von Hasen. Und bei fast jedem war am Gesichtsausdruck eine Krankheit zu erkennen. Magengeschwüre, Lungenkrebs, Gelenkschmerzen oder auch nur vermehrter Harndruck und Verdauungsprobleme.

Er kaufte die beiden Boulevardblätter der Stadt und die Tageszeitungen mit Regionalteil. Auf einer Bank blätterte er sie durch. Kein Einbruch mit Todesfolge. Lag der Fall schon länger zurück, oder wusste da jemand mehr als die Presse?

„Sie hätten sich das Geld für die Zeitungen sparen können", sagte ein Mann hinter ihm. Für einen Moment hatte die Stimme Ähnlichkeit mit der im Wald. Er drehte sich um. Was ihm zuerst ins Auge fiel, war ein sorgfältig gestutzter grauer Vollbart, um den Mund gelb. Die Zähne aus Holz. Die Augen hingen herab, schwammen in zu viel Wasser. Ein dünner Mann zwischen fünfzig und sechzig. Wahrscheinlich verdeckte er mit dem Bart die sich in schwarzen Kerben fortsetzenden herabfallenden Mundwinkel. Ein grauer Anzug, mit grauen Schuhen, die wie aus einem Stück Wildleder genäht wirkten. Es könnte ein Künstler sein, ein Maler. Doch dafür fehlte der Geruch von Farbe.

„Sie werden in den Zeitungen keine Antwort finden", fuhr der Mann fort.
„Ich suche einen Artikel über einen Einbruch, bei dem eine Frau getötet wurde."
„Das Prinzip der Medien ist es, neunundneunzig Prozent der Ereignisse auf der Welt zu verschweigen."
„Man müsste also herausfinden, warum sie etwas verschweigen und von anderem berichten."
„Ja. Aber es ist nicht einfach, die richtige Frage zu stellen." Er schraubte seine linke Hand in die Höhe, als gebe er einem Orchester das Zeichen zum Einsatz. „Und vor allem: sie als die richtige Frage zu akzeptieren!"
„Sie haben recht. Wie lautet die Frage?"
Der Alte schwieg, dann sagte er: „Zehn Euro." Und nach einer Pause setzte er hinzu: „Ich habe, ach, Philosophie studiert und lebe seit meinem fünfzigsten Lebensjahr von dem, was mir der Sozialstaat gewährt. Das ist des Pudels Kern."
„Was für Berufe ergreift man mit einem Philosophiestudium?"
„Ich habe lange als Journalist gearbeitet bis ... bis ein Jüngerer kam und meine Arbeit für weniger Geld und weniger Gedanken machte. So einfach geht das."
„Und nun?"
„Wenn die Gesellschaft auf mich verzichtet, kann auch ich auf sie verzichten."
„Sie verweigern sich?"
„Nein. Ich arbeite gegen sie. Nach dem Soziologen

Luhmann – Sie kennen ihn? – bin ich als Gegner ebenso Teil des Systems."
Brahms griff in die Tasche und gab ihm einen Schein.
Der Alte hob ihn vor sein Gesicht. „Die Frage in ihrer materialistischen Form lautet: Was bin ich wert?"
Brahms schnaufte. „Sie haben den Preis gemacht."
Der Alte hob die Hände. „Und in ihrer idealistischen Form lautet sie: Was bedeute ich?"
Brahms nickte. „Gut, was bedeuten Sie?"
„Die meisten wären mit der materialistischen Form zufrieden und lachten darüber."
„Sind wir uns schon mal begegnet?"
„Wo soll das gewesen sein?"
„Auf einem Waldweg."
„Kann sein. Ich war früher mal ein Baum, bis man mich fällte."
Wenn Brahms es mit dem Mann zu tun hatte, der ihm im Wald begegnet war, wie war der vor ihm hierhergekommen? „Wer sind Sie?"
„Gute Frage. Der Mann, der die Fragen formuliert. Das ist die Aufgabe der Philosophie."
„Und Sie wollen Antworten von mir, nicht wahr?"
Der Mann nickte. „Die Frage lautet: Was ist Wirklichkeit?"
„Jenes eine Prozent der Ereignisse, von denen die Medien berichten. Alles andere ist so gut wie nicht geschehen."
Der Mann hob die linke Hand wieder mit einer Drehbewegung bis in Kopfhöhe, diesmal bedeutete es den

Abschied. Brahms sah ihm nach, dann stand er auf und folgte langsam. Wenn der Mann ein Bote zwischen ihm und seinem Auftraggeber war, sollte er ihm den Umschlag mit dem Geld zurückgeben. Aber ganz sicher war Brahms sich nicht. Der Mann ging zur Rolltreppe und fuhr ins Untergeschoss.

Brahms fand ihn nicht wieder. Erst später, als er das Einkaufszentrum schon verlassen hatte und im Auto saß, erinnerte er sich an einen Bettler, der am Ausgang auf dem Boden gehockt hatte. Jetzt war er überzeugt, der Philosoph hatte sich in den Bettler verwandelt. In was sonst sollte sich ein Philosoph verwandeln?

6

Brahms fuhr über die Baron-Voght-Straße nach Klein Flottbek. Er dachte über die Gedanken des bärtigen Philosophen nach, selbst wenn er gegen die Gesellschaft arbeite, bleibe er immer Teil des Systems. Rache und Resignation. Ein Arbeitsloser hatte ihm mal erklärt, weil er keine Arbeit habe, habe ein anderer Arbeit. Seine Funktion sei also sehr wichtig. Selbstbewusstsein mit Resignation.
Er wusste nicht, wie er sich in einer solchen Situation verhalten würde. Aus Hunden wurden fast wieder Wölfe, wenn man sie aussetzte. Er bog in die Jürgensallee ab, dann in die Kanzleistraße. In den Villen wohnten Menschen wie seine Eltern. Der reichere Teil der Menschheit hielt die Ärmeren durch hohe Grundstückspreise auf Distanz. Sie kamen nur als Einbrecher über den Zaun.
Die Einfahrt des Hauses seiner Eltern wurde von zwei Wagen blockiert. Er musste weiterfahren, um einen Parkplatz zu finden. Überall standen Handwerker-Transporter. In einem saß ein Mann mit einem schwarzen Umhang. Für einen kurzen Moment sah er dessen Gesicht. Ein Vampir. Eine Spiegelung? Aber die Szene passte zu seiner Einschätzung der Welt an diesem Tag. Oder vielleicht gab es irgendwo Filmaufnahmen? Des-

halb war alles zugeparkt. Erst am Ende einer Seitenstraße fand er einen erlaubten Platz.
Er wanderte zurück. Eine junge Frau in weißen Tennisschuhen und schwarzem Kleid ging um das Haus seiner Eltern. Sie stoppte ihren Schritt immer wieder mitten im Lauf. Eine Katze mit weißen Pfoten. Sie betrachtete die Mauern nach einer Möglichkeit hinaufzuspringen oder beschnupperte die Fensterrahmen, dann verschwand sie mit einem Sprung hinter dem Haus.
Brahms klingelte. Seine Mutter fragte an der Gegensprechanlage: „Lutz, bist du das?"
„Ja", sagte er mit verstellter, tiefer Stimme und setzte hinzu: „Jeder Mörder würde jetzt ja sagen, um eingelassen zu werden."
Seine Mutter lachte und drückte auf den Summer der Gartentür. Sie öffnete ihm die Haustür und war die Figur aus einem Film. Das blonde Haar dunkel getönt. Sie drehte sich in einem weiten dunkelblauen Kleid vor ihm. Der Rock bildete eine Glocke. „Ich hab dich schon vom Fenster aus gesehen. Warum benutzt du nicht deinen Schlüssel?"
„Ich will nicht versehentlich von dir als Einbecher erschossen werden."
„Du weißt also schon Bescheid."
„Ist jemand erschossen worden?"
„Nein, aber die Einbrecher waren in der Nachbarschaft."
Brahms küsste sie auf beide Wangen, dann hielt er eine Hand fest, hob sie hoch und drehte seine Mutter. „Das

Kleid“, sagte er, „ein Rätsel, nicht wahr?“ Immer wieder ließ sich seine Mutter Kleider aus Filmen nachschneidern. Filmschauspielerin hatte sie werden wollen, aber nur die Rolle als Ehefrau an der Seite von Ludwig Wilhelm Brahms gefunden, dem Kaffeeimporteur, dessen Name sie von vielen Hauswänden schon kannte.
Werbung, die die Bewerbung seines Vaters unterstützt hatte.
Lutz Brahms griff nach dem Stoff des Kleides. „Fünfziger Jahre?“
„Richtig.“
„Aus einem deutschen Spielfilm?“
Sie nickte.
Er hob die Schultern. „Ich brauche einen Tipp.“
„Sonja Ziemann“, sagte sie.
„Da gab es einen berühmten Film. Er hieß ... er hieß, *Der achte Tag der Woche*?“
„*Der achte Wochentag*.“
„Der war ziemlich deprimierend, aber gut. Spielte nach dem Krieg in Polen.“
„Zwei Liebende auf der Suche nach einem Platz für sich.“
„In der Armut ist auch die Liebe keine Rettung. Das dürfte heute noch so sein.“
„Ach, du wieder.“ Seine Mutter zog ihn mit sich. Im Wohnzimmer saß sein Vater und legte den Kopf mit den Falten eines englischen Bluthundes auf die Lehne des Sessels zurück. Die Falten glätteten sich, die über-

schüssige Haut versammelte sich an den Ohren. Es machte jung.

„Ich werde nicht aufstehen, mein Sohn, sonst bricht mein Rücken."

Brahms gab seinem Vater die Hand. „Kann ich dir helfen?"

„Du weißt doch: indem du mir einen Teil der schweren Last abnimmst." Die erwartete Antwort. Aber sein Vater lachte dazu. „Nein, nein, ich will heute nicht mit dir über die Firma reden, deine Firma! Immerhin gehören dir vierundzwanzig Prozent."

„Es ist genug, um mir ein schlechtes Gewissen zu machen."

In diesem Moment ging die junge Frau im Garten an den Terrassentüren vorbei. Sie strich mit der Hand die Wand entlang und sah wieder nach oben. Ihr bleiches Gesicht wirkte wie erst vor Kurzem aus dem schwarzen Haarhelm oval herausgeschnitten und ans Licht gekommen. In Ritterfilmen trugen die Männer solche Frisuren. Prinz Eisenherz. Ihr Gesicht aber war wie die Oberfläche von Milch, in der Augen und Mund schwammen. Es konnte, bevor man es freigelegt hatte, noch nie zuvor in der Sonne gewesen sein. Jetzt strich sie über den Türrahmen, und ihre Mimik sagte: Muss alles abgerissen werden.

„Eine neue Hausangestellte? Was macht sie da draußen?"

„Nein. Unsere Sicherheitsberaterin. Wir brauchen eine neue Alarmanlage. Bitte, erledige du das mit ihr. Jetzt

dürfte sich deine Erfahrung als Verbrecherjäger mal auszahlen."
„Wenn ich mich recht erinnere, hast du höchstpersönlich unsere Alarmanlage nach dem zweiten Fehlalarm stillgelegt."
„Das war in Friedenszeiten, jetzt herrscht Krieg mit den Kriminellen. Ich fürchte, wir brauchen Wassergräben, eine Zugbrücke und Wachtürme. Wir haben hier in der Straße den vierten Einbruch innerhalb von zehn, zwölf Tagen. Vielleicht müssen wir uns auch damit befassen, in eine andere Gegend zu ziehen, diese ist nicht mehr sicher."
„Umziehen?", fragte Brahms. Dies war schon das Haus des Urgroßvaters gewesen.
„Es gibt ja schon Siedlungen mit Sicherheitsdienst, die mit Mauern umgeben sind, so dass niemand mehr hineinkommt, der da nicht hingehört."
„Mit hohen Mauern, damit man das Elend draußen nicht sieht."
„Lutz, bitte." Die Mutter schüttelte den Kopf.
Sein Vater schnaufte, dann presste er die Lippen aufeinander und kam mit steifem Oberkörper nach vorn. Der Schmerz seines Rückens kam als tiefes Brummen aus seinem Inneren. Die senkrechten Gesichtsfalten bildeten sich wieder.
Die Mutter schob ihren Sohn nach draußen in die Halle. „Ich kümmere mich um ihn, du klärst das mit dieser Frau." Sie ging zurück.
Brahms öffnete die Haustür. Die Sicherheitsberaterin

stand davor, hatte die Hand am Rahmen und betrachtete die Scharniere. Sie wiegte den Kopf. „Alles nicht optimal." Dann kniff sie die Augen zusammen und fauchte: „Huch, wer sind Sie?"

„Sie kommen zu spät. Ich bin der Einbrecher." Er streckte die Hand aus. „Brahms, Ludwig Lutz Brahms."

„Ich habe von Ihnen gehört." Sie ergriff seine Hand, hob sie. „Verena Henstedt, Sicherheitsservice", stellte sie sich vor, drehte seine Hand und analysierte: „Schlecht ausgeformt, kaum ausgeprägte Muskeln, keine Schlagkraft, keine Schwimmhäute." Sie hob ihre Augen, und das leuchtende Blau durchfuhr Brahms wie elektrischer Strom. Die Härchen auf seinen Armen stellten sich auf.

„Verdammt, keine Schwimmhäute", sagte er. „Ich wusste die ganze Zeit, dass mir etwas fehlt."

Sie ließ seine Hand fallen – nicht zu gebrauchen, und wendete sich ab.

„Moment. Und meine Krallen zählen nicht? Ich spiele Gitarre in einer Band."

„Gut, lasse ich gelten." Sie drückte sich an ihm vorbei. Ein Duft erreichte ihn, das Bild von lila Stiefmütterchen entstand, aber die rochen nicht.

„Ich muss noch mal in den ersten Stock. Ich arbeite mit der Polizei zusammen", sagte sie.

„Die wollten noch nie in den ersten Stock." Brahms stolperte hinter ihr die Treppe hinauf, kam sich vor wie ein kleiner Hund, der den Rand ihres Rockes zwischen seine Zähne nehmen wollte, um zu spielen.

In der Mitte der Treppe drehte sie sich um. Sie hatte ein Flackern in den Augen. Sie zückte einen Zeigefinger und stach nach ihm. Ihre Augen wurden Schlitze mit einer steilen Falte in der Mitte.
„Sie sind dieser Detektiv, nicht wahr? Ich hatte Sie mir mehr wie einen Hund vorgestellt. Aber Ihr Benehmen ist tatsächlich so! Müssen Sie mir am Rocksaum hängen?“ Sie nickte mehrmals, nahm den Finger nicht zurück und hatte die Augen geschlossen.
„Was immer Sie über mich gehört haben, es stimmt nur die Hälfte.“ Ein Beschwichtigungsversuch.
„Es war alles positiv.“
„Dann stimmt auch nur die Hälfte.“
„Wenigstens kann man es positiv sehen“, schränkte sie ein und drehte sich wieder um. „Und nun husch ins Körbchen!“
Er blieb hinter ihr. Im ersten Stock marschierte sie in das Schlafzimmer seiner Mutter, ging zum Fenster, öffnete es und beugte sich hinaus. Das schwarze Kleid zog sich hoch, und Brahms betrachtete ihre nackten braunen Beine, die aus den weißen Stoffschuhen herauswuchsen. Er bemerkte nicht, dass sie sich längst wieder umgedreht hatte.
„Beides geht gar nicht“, sagte sie, „Ihr Blick und diese Möglichkeit, hier hochzuklettern.“
„Mein Blick war nur von wissenschaftlichem Interesse: Ihre Beine so braun, das Gesicht aber blass.“
„Sie wollen wissen, wo die Grenze ist.“ Sie hob die Brauen, stemmte die Hände in die Hüften.

„Ja."
„Die haben Sie soeben überschritten."
„Und nun?" Das Blau ihrer Augen flackerte erneut wie eine Gasflamme im Luftzug. Dann senkte sie den Blick, ließ ihn von unten über seinen Körper wandern, ohne ihn direkt anzusehen. Er fühlte sich nackt, zückte eine seiner Visitenkarten, um sein Blöße zu bedecken.
Sie griff in eine Tasche ihres Kleides, zog eine Sonnenbrille hervor und setzte sie auf. Tropfen aus schwarzem Glas. Dann nahm sie die Visitenkarte, klammerte sie zwischen zwei kurze rosafarbene Fingernägel und gab sie ihm zurück. „Brauch ich nicht. Will ich nicht."
„Was ist mit Ihren Augen?"
„Sie sind verräterisch."
„Was verraten sie."
„Mich." Sie rückte die Sonnenbrille zurecht. „Ich schicke morgen ein Angebot mit der Post."
„Ein Angebot. Gut!", sagte Brahms. „Was muss ich tun?"
„Das Übliche: Sensoren, Gitter, Scheinwerfer, Videokameras und so weiter."
„Ich dachte eher an ..." Ihm fielen nicht die richtigen Worte ein.
„Auch da das Übliche: die Dornenhecke überwinden, in den Turm klettern, die böse Stiefmutter in glühenden Schuhen tanzen lassen und so weiter."
Sie grinste und ging mit großen Schritten an ihm vorbei. Offensichtlich wusste sie, was sie bei Brahms aus-

gelöst hatte. Ihre weißen Tennisschuhe grunzten auf dem glatten Boden vor Zufriedenheit.
Und bevor Brahms sich von seiner Lähmung befreien konnte, war sie schon weg. Warum war ihm kein Witz eingefallen? Zum Beispiel über Sicherheitsberaterinnen, die ja die Mentalität von Verbrechern haben mussten, vielleicht sogar selber Einbrecher waren? Vielleicht hatte sie deshalb die Sonnenbrille aufgesetzt? Die Haustür fiel ins Schloss. Von den Füßen her stieg das Blut wieder in Brahms' Körper an. Als es oben unter der Schädeldecke angekommen war, atmete er tief ein. „Ich Idiot."

7

Brahms sprang die Treppe hinunter, bekam die letzte Stufe nicht zu fassen, fiel nach vorn und rutschte wie ein Welpe mit gespreizten Beinen auf dem glatten Boden durch die Halle. Er stand auf, schüttelte sich und öffnete die Haustür. Sie war nicht mehr zu sehen. Er hob die Nase, versuchte, noch eine Spur ihres Geruchs aufzunehmen. Jetzt wusste er, was es war. Süßes Grafitöl, wie man es benutzt, um Schlösser gängig zu machen. Mit einem Spritzer Zitrone.
Er ging ins Souterrain in die Küche und trank ein Glas Wasser in einem Zug, um dem Druck in seiner Brust etwas entgegenzusetzen, den Verena Henstedt verursacht hatte. Er trank zu viel zu schnell. Das Ergebnis war eine sofortige Übelkeit.
Er krümmte sich auf einem Stuhl an dem großen Holztisch zusammen und grinste in sich hinein. Dass es ihn mit einunddreißig Jahren immer noch mit solcher Macht treffen konnte, hatte er nicht erwartet. Als er sechzehn war, er erinnerte sich genau, hatte er geglaubt, mit dreißig wäre das Leben fast vorbei und Liebe schon gar nicht mehr möglich oder nur auf die eine Art, Händchen haltend samstags abends vorm Fernseher der alten Zeiten gedenkend. Ganz abgesehen davon, dass er damals glaubte, dann schon tot zu sein,

jedenfalls erschien es ihm angesichts von Dreißigjährigen die bessere Lösung.
„Wieso ist sie gegangen?" Seine Mutter stand in der Tür.
„Wer?"
„Die Sicherheitsfrau. Sie hat sich nicht verabschiedet. Hast du sie beleidigt? Wahrscheinlich hast du, so wie du heute drauf bist, deine geballte Ironie an ihr abgelassen. Wie sollen wir das Bernd Petersen erklären?"
„Dem Kommissar?"
„Er hat sie uns empfohlen."
Brahms stand auf, ging zur Tür in den Garten. „Ehrlich, ich habe nichts getan. Wahrscheinlich läuft sie noch ums Haus, um auszumessen, wie hoch die Mauern werden müssen, wie viel Stacheldraht gebraucht wird und wo die Wachtürme stehen sollen."
„Genau solche Bemerkungen meine ich", sagte seine Mutter.
Er öffnete die Tür, ging die Treppe hoch zum Garten und kam zurück. „Hinten ist sie nicht."
„Sie ist gegangen. Ich habe es selbst gesehen, und es war eine Art Flucht."
„Nein", sagte er und wusste, Flucht war der richtige Ausdruck.
„Sie schickt ein Angebot, hat sie mir gesagt. Ein ganz normaler Abgang."

8

„Ich war in der Nähe“, sagte Kommissar Petersen, als Brahms ihm die Tür öffnete.
„Die Einbrüche?“
„Ja.“
„Das scheint eine Epidemie zu sein.“
„Es nimmt im Augenblick zu. So wie mein Gewicht.“ Er stieß die Luft aus und hielt sich am Türrahmen fest. „Ich muss dringend abnehmen.“
Petersen kam einen Schritt herein, streckte den Kopf vor und lauschte. „Störe ich?“
Brahms’ Mutter kam mit Hüftschwung, um den Stoff ihres neuen Kleids um sich wehen zu lassen. „Bernd Petersen, Sie stören nie.“ Sie umarmte ihn. „Kommen Sie.“
„Ein neues Kleid?“
Sie nickte und führte ihn ins Wohnzimmer. Brahms folgte. Sein Vater stand mit durchgedrücktem Rücken und vorgestrecktem Bauch am Fenster.
„Ludwig Wilhelm Brahms, du willst mir doch nicht Konkurrenz machen? Den schöneren Bauch habe ich.“
Die beiden Männer gaben sich die Hand und fassten sich an den Oberarmen. Ein Ritual. Bernd Petersen und Brahms’ Vater kannten sich seit ihrer Schulzeit.
„Ich hörte, du bist heute zu Hause geblieben, und woll-

te nur sehen, wie es dir geht. Bin gleich wieder weg", sagte der Kommissar.
„Bleib bitte so lange, bis meine Tablette wirkt, dann wird es mir auch gelingen, mich wieder zu setzen."
„Und was sagt der Arzt?"
Brahms' Vater schüttelte die Hautfalten seines Gesichts. „Weniger Arbeiten, mehr Sport, tägliche Gymnastik – also nichts Neues."
„Hast du eine Entscheidung getroffen wegen der Alarmanlage?"
„Diese Frau war hier."
„Verena Henstedt. Ist sie nicht gut? Ausgezeichnete Fachfrau!"
„Es ist mir gelungen, diese Aufgabe an Lutz zu übergeben."
Elisabeth Brahms mischte sich ein. „Ich fürchte, wir beziehungsweise unser Sohn hat sie verscheucht."
Brahms hob die Hände. „Ich bin unschuldig. Ich habe garantiert nichts getan. Sie ist einfach ganz normal gegangen."
„Sie ist sehr zuverlässig."
Die Mutter versuchte, das Thema zu wechseln, und bot Getränke an, öffnete die Bar in der Schrankwand und den darin eingebauten Kühlschrank. „Vielleicht dazu eine Kleinigkeit zu essen?"
„Unter gar keinen Umständen. Ich bin wirklich nur auf einen Sprung gekommen." Doch dann nahm Petersen ein Glas aus Elisabeths Hand, ließ sich Wasser eingießen und setzte sich. Brahms' Vater versuchte, sich mit

geradem Rücken auf einen Sessel herabzulassen. Ein mechanischer Roboter, der von einem Flaschenzug in Position gebracht wurde. Er sah zur Uhr und sagte: „Zeit für ein Bier."
„Alkohol zu den Tabletten?" Die Mutter zögerte und servierte ihrem Mann dann eine Flasche. „Vielleicht doch etwas Salzgebäck." Sie öffnete eine Schranktür. „Nüsse?"
„Oh, nein." Der Kommissar stöhnte. Elisabeth Brahms schob ihm eine Schale zu. „Sie müssen ja nicht", sagte sie.
„Das sagen Sie so."
Brahms schnupperte an den Likören, nahm sich aber nichts zu trinken.
„Diese Verena Henstedt, hat die ein richtiges Geschäft?", fragte er den Kommissar.
„In Winterhude, Alsterdorfer Straße."
Petersen öffnete sein Jackett, und sein Bauch nahm die Gelegenheit war, sich über dem Hosenbund auszubreiten, so weit das Hemd es zuließ.
„Die Einbrüche ...", begann Brahms.
„Setzt wenigstens eure Alarmanlage wieder in Betrieb", unterbrach ihn der Kommissar.
„Einbrüche fallen doch sonst nicht in Ihren Bereich?", fragte Brahms.
„Manchmal muss man sich auch um den Kleinkram kümmern."
„Kleinkram? Hat es nicht einen Einbruch mit einer toten Frau gegeben?"

Der Kommissar wendete sich ihm abrupt zu. „Woher kommt diese Information?“ Ein feiner Tropfen schoss von seiner Lippe.
Brahms grinste und versuchte, mit einer Frage abzulenken. „Wie ist das mit den Einbrechern? Gibt’s da eine Typologie bei der Polizei?“
Bernd Petersen knurrte wie ein großer Hund, doch dann versuchte er, Gelassenheit auszustrahlen, lehnte sich zurück, faltete die Hände vor seinem Bauch. „Die meisten sind die sogenannten Mickymaus-Einbrecher. Die planen nicht, sondern sehen irgendwo eine Chance und brechen ein. Profis wie früher gibt es nur noch selten. Obwohl, im Augenblick scheint es zwei größere Banden zu geben, die sich ins Gehege gekommen sind. Na ja … Dann gibt es noch herumreisende Kleingruppen, die einen benutzen den guten alten Kuhfuss zum Aufbrechen von Türen, die anderen den Schraubenzieher zum Öffnen der Fenster.“
„Woher kommen die?“
„Ich sag mal, aus den Beitrittsgebieten zur Europäischen Union, um nicht ein spezielles Land zu diskriminieren.“
„Der Unterschied von Arm und Reich sorgt im Kapitalismus auch beim Verbrechen für Profit?“
Petersen ging nicht darauf ein. „Der Einbrecher ist generell ängstlich und hat ein großes Sicherheitsbedürfnis. Er sucht vorab einen Fluchtweg und will niemandem begegnen.“
„Und wenn doch?“

„Dann wird er unberechenbar.“
„Zum Mörder?“
Petersen presste die Lippen zusammen, dann fragte er in neutralem Ton: „Also, woher stammt die Information mit der Toten als Hinterlassenschaft eines Einbruchs?“
Brahms hob die Schultern. „Schwierig zu sagen.“
„Was ist das jetzt für ein Spiel?“, fragte Brahms' Vater.
Petersen lächelte. „Ich werde einen Staatsanwalt finden, der deinen Sohn in Beugehaft nimmt, bis er mir sagt, woher diese Information kommt. Im Präsidium ist absolutes Stillschweigen vereinbart. Ich verpflichte euch ebenfalls dazu. Also mal sehen, wer da nicht dichthalten konnte. Raus mit der Sprache!“
„Es stimmt also doch.“ Brahms versteckte sein Grinsen hinter seinen Händen. „Muss ja ein ungewöhnlicher Fall sein.“
„Ich habe nichts gesagt.“
„Ich glaube nicht, dass jemand von der Polizei geplaudert hat. Ich erhielt die Nachricht als SMS. Anonym.“ Brahms zog sein Telefon aus der Tasche. „Wer konnte davon wissen? Der Mörder?“
„Her damit!“ Petersen streckte die Hand aus.
Brahms suchte die Meldung und reichte ihm sein Telefon.
„Konfisziert!“, sagte der Kommissar.

9

Brahms fand einen Parkplatz dicht an seiner Wohnung im Eppendorfer Weg. Vom Café Dante her kreuzte ein Mann die Straße. In der Mitte hielt er inne, ließ einen Pizzaboten auf einem Motorrad vorbei und grüßte ihn. Er kam auf Brahms zu, streckte ihm die Obdachlosenzeitschrift *Hinz & Kunzt* entgegen. „Die neue Ausgabe, kommerzfrei, sozial, frei von Sexismus und Verbrechen wie ein Einbruch und Mord“, sagte er, „garantiert jeder Artikel von mir gelesen und für gut befunden.“

„Kein Einbruch mit Mord?“

„Garantiert.“

„Und Sie haben wirklich alle Artikel gelesen?“

„Ich bin noch neu in diesem Geschäft und gerade erst ganz unten angekommen, da liebt man seine Arbeit noch.“

Der Mann trug einen dunkelgrauen Anzug, grobes Gewebe. Sein graues Haar war straff zu einem kleinen Pferdeschwanz zurückgebunden. Ähnlichkeit mit dem Modeschöpfer Karl Lagerfeld. Er roch nach Waschpulver. Beim zweiten Blick entdeckte Brahms, dass sich der Stoff aufzulösen begann. Die Säume seines Jacketts waren rundherum durchgescheuert. Kleine Besen. Zweifellos die Folge heftigen Waschens. Auch bei dem

weißen Hemd unter dem Anzug begannen die Ränder an Kragen und Knopfleiste aufzureißen.
Brahms gab ihm mehr Geld, als die Zeitschrift kostete.
„Was haben Sie vorher gemacht?“
„Insolvenz.“
„Und davor?
„Schulden, natürlich.“
Brahms lachte. „Warum?“
„Das Wirtschaftssystem beruht darauf, Schulden zu machen. Kaum eine Industrie kann ihre Produktion noch mit Eigenkapital herstellen. Jeder Kaufmann will seine Ware erst zahlen, wenn er sie verkauft hat. Man holt sich einen Kredit, rechnet die Zinsen dafür mit ein. Warum sollte ich also anders handeln? Ich war bei einer Bank angestellt, und dann machte ich mich selbstständig mit einem Versicherungsbüro. Die Versicherung streckte mir das Geld vor, um das Büro auszustatten. Dann kam die Krise, genau zu dem Punkt, als ich die meisten Schulden hatte. Die Versicherung hatte mir das Geld geliehen, damit ich ihre Produkte verkaufen kann. Dann kündigten sie mir. Was denken die, wie ich dann meine Schulden zurückzahlen kann? Ich hatte zwei Möglichkeiten, die kriminelle und die ehrliche.“
„Sie entschieden sich für die ehrliche Möglichkeit.“
„Nein, für die kriminelle, sonst wäre ich nicht hier. Ich wusste ja, wie sich die Kollegen in den Banken fühlen, kannte die Abläufe, also überfiel ich eine Bank. Meine Rache. Und die ist bekanntlich ein schlechter Ratgeber.

Man sollte lieber auf den Barrikaden der Revolution sterben."

„Wir brauchen eine andere Gesellschaftsordnung?"

„Aber sicher. Ich bin für einen Ausgleich zwischen Arm und Reich."

„Kann ich Sie zum Kaffee einladen?" Brahms zeigte auf das Café Dante. Sie überquerten die Straße und setzten sich draußen neben dem Eingang an einen der kleinen runden Tische.

„Ich habe Ihnen meine Geschichte jetzt sehr vereinfacht erzählt. Aus der Sicht anderer bin ich einfach dumm gewesen", sagte der Zeitschriftenverkäufer. „Mein Name ist übrigens Pudel, wie des Pudels Kern."

Brahms hatte geahnt, wer der Mann war. Dieses Zitat aus Goethes Faust hatte auch der bärtige Philosoph im Elbe-Einkaufszentrum verwendet.

„Ich bin Lutz Brahms. Sie kennen sich also in finanziellen Dingen aus? Sagen wir mal, ich wäre unverhofft zu zehntausend Euro gekommen. Was sollte ich tun?"

„Das Schwierige mit den zehntausend Euro ist, sie erst einmal zu verdienen, und nicht, sie anzulegen."

Brahms nickte. Sie bestellten Cappuccino. „Das Tartufo-Eis ist gut. Möchten Sie?", fragte Brahms.

„Die Geister scheiden sich", sagte Pudel. „Manche mögen das selbstgemachte Eis hier, manche nicht. Ich mag es." Brahms stand auf und ging an den Tresen, um das Eis zu bestellen. Er kam an den Tisch zurück, Pudel war in sich zusammengesunken, den Kopf fast auf den Knien. Eine Schlafhaltung im Sitzen.

„Und Sie haben wirklich eine Bank überfallen?"
Pudel kam mit einem breiten Grinsen wieder hoch. „Natürlich nicht. Es war nur ein Vergleich. Meine Kenntnisse befähigten mich, mir selbst eine beträchtliche Summe Geld zu überweisen. Auf mehrere Konten verteilt natürlich. Ich war aber nicht schnell genug mit dem Abheben und Verschwinden. Dazu hätte ich Hilfe gebraucht. Einen Computerspezialisten für die Überweisungen und einen Zauberkünstler für das Verschwinden."

„Und heute?"

Der Kaffee und das Eis wurden serviert, und Pudel schwieg, bis sich die Bedienung wieder entfernt hatte. „Heute hätte ich diese Leute. Die Armee der hochqualifizierten Arbeitslosen wird immer größer. Die Gesellschaft verzichtet auf einen Teil ihrer erfahrenen und besten Mitglieder."

„Ich meine, was machen Sie heute?"

„Ich verkaufe die Obdachlosen-Zeitung, das sehen Sie doch."

„Und Sie haben Informationen."

Pudel nickte. „Ich habe nur eine Geschichte."

„Dann erzählen Sie."

„Sie müssen wissen, es gibt eine Gruppe von Menschen, die begehen Einbrüche aus einer Notlage heraus. Um darauf aufmerksam zu machen, hinterlassen sie ein bestimmtes Zeichen. Nun wird bei einem Einbruch der Einbrecher von der Frau des Hauses überrascht. Er erschlägt sie. Der Einbrecher hinterlässt

das Symbol der anderen Gruppe, um eine falsche Fährte zu legen."
„Was ist das für ein Zeichen?"
„Das ist etwas, was die Polizei der Öffentlichkeit verheimlicht: Es wird immer eine kleine Scheibe von innen oder im Inneren zerschlagen."
„Dieser Einbrecher kannte also das Erkennungszeichen der anderen Einbrecher."
Pudel hob die Schultern.
„Was bedeutet die von innen eingeschlagene Scheibe?"
Pudel presste die Lippen aufeinander und grinste. „Es wird Ihnen schon noch einfallen."
„Und was habe ich dabei zu tun?"
„Derjenige, der mir die Geschichte erzählte, möchte, dass Sie den Mörder finden."
„Er ist der Einbrecher, der immer diese typische Spur hinterlässt, nicht wahr?"
Pudel schwieg, löffelte sein Eis. „Wirklich gut", sagte er.
„Wie ist er auf mich gekommen?"
Pudel schlürfte den Kaffee. „Gut", sagte er. „Sehr gut."
„Warum sollte ich für einen Kriminellen arbeiten?"
Pudels Kopf sank zwischen seine Schultern. Die Schulterpolster des alten Anzugs hoben sich deutlich ab. Brahms dachte an Schwielen, die ein schwer zu tragendes Schicksal hinterlassen hatten.
„Wo war der Einbruch?"
„Alle Details wird Ihnen die Polizei erzählen."
„Warum sollte sie."

„Weil wir einiges getan haben, um Sie in diesen Fall mit einzubeziehen."
„Wir? Was soll das heißen?"
Pudel sah ihn mit Augen voller Wasser an, erhob sich, presste die Zeitungen gegen die Brust und ging davon. In den letzten zwanzig Minuten um Jahre gealtert.
„Warten Sie!", rief Brahms. Er lief ihm nach und holte ihn ein. „Verdammt, ich nehme diesen Auftrag nicht an. Ich habe genug davon, immer nur halbe Informationen zu bekommen."
Der Mann stoppte, drehte sich um, hob die Arme halb in die Höhe, als würden Schmerzen in den Schultern eine kräftigere Bewegung verhindern. „Sie haben gar keine andere Chance mehr. Der Mörder weiß bereits, dass Sie ermitteln. Es tut mir leid. Sie müssen jetzt vorsichtig sein. Aber wir versuchen auch, auf Sie aufzupassen."
„Ich begreife nicht im Geringsten, wovon Sie reden. Und was glauben Sie, wie jemand ermitteln soll, wenn man ihm keine Fakten mitteilt?"
Pudel hob die Arme ein wenig weiter. In seinem Gesicht zeichneten sich Schmerzen in der Brust ab. „Ich weiß, aber Sie müssen es wohl so hinnehmen. Ihr Auftraggeber hat ein großes Sicherheitsbedürfnis."
Er schrumpfte etwas zusammen, drehte sich um und ging. Nach etwa fünfzig Metern wuchs er wieder in die Höhe und präsentierte einem Passanten mit vorgestreckter Brust die neue Ausgabe der Obdachlosenzeitung.

Brahms ging zurück zum Café. Er fluchte leise und fühlte sich wie eine Figur auf einem Spielbrett, dessen schwarzweiße Felder bis zum Horizont reichten. Er kannte weder die Spieler noch die Regeln und hatte nicht die geringste Ahnung, was man von ihm erwartete. Er würde sich ins Bett legen und warten, bis ihn Stimmen aus dem Jenseits oder Pizzaboten weckten.
Er wollte am Tresen des Cafés bezahlen. Die Bedienung wich vor ihm zurück.
„Was ist?“, bellte er.
„Ihr Gesicht“, sagte die junge Frau. „Sehen Sie mal in den Spiegel.“
Der Spiegel hinterm Tresen zeigte eine Mischung aus einer Bulldogge und einem mongolischen Rachegott. Wenn es überhaupt eine solche Gottheit gab. Brahms versuchte, durch ein großzügiges Trinkgeld den Dämon zu besänftigen.
„Danke“, sagte er zu der Frau, „dass Sie mich darauf aufmerksam gemacht haben. Ich wäre sonst den ganzen Tag mit diesem Gesicht herumgelaufen, ohne es zu bemerken.“

10

Die Sonne stieß sich von den Autoscheiben ab, sprang von Spiegelfläche zu Spiegelfläche, nutzte sich öffnende Fensterflügel, um Blitze durch die Stadt zu schicken. Hinter verdunkelten Scheiben der Wagen Augenpaare. Sein Hundeinstinkt sagte Brahms, dass er beobachtet und verfolgt wurde. Nicht nur von einer Person.

Er kam aus Eppendorf und versuchte, den Winterhuder Marktplatz zu umkreisen, aber wie bei vielen Plätzen in Hamburg hatte man auch diesem die Mitte genommen und ihn an eine Häuserzeile geklebt. Der Kreisverkehr war eine aktuelle Erkenntnis der Verkehrsplanung, obwohl alle Plätze früher von ihrer Anlage her diese Chance geboten hatten. Manchmal war die Zukunft die Vergangenheit.

Er fuhr über den Platz hinaus Richtung Stadtpark, bis sich eine Möglichkeit ergab, zu wenden und zurück am Marktplatz in die Alsterdorfer Straße einzubiegen. Niemand folgte. Sein Gefühl trog, oder die Verfolger kannten sein Ziel.

Die Straße war ein paar Kilometer lang, führte von Winterhude bis zum Haupteingang des Ohlsdorfer Friedhofs. Aber Brahms glaubte, auf Verena Henstedts Sicherheitsservice im unteren Teil zu treffen. Weiter stadtauswärts gab es nur noch wenige Läden und

Büros. Er hatte die Vorstellung von großen gelben Werbetafeln mit schwarzer und roter Schrift, die auf ihren Service aufmerksam machen würden.
Er war schon lange vorbei, schon über die nächste Ampelkreuzung hinaus, als die Beschriftung mit dem Wort „Sicherheit" in sein Bewusstsein drang. Silber auf Schwarz war die Schrift gewesen. Eher die Farbkombination eines Beerdigungsbüros. Er wendete, fuhr langsam zurück. Der Laden war unauffällig. Wie fand Verena Henstedt ihre Kunden? Er suchte eine Parklücke und fuhr mehrmals auf und ab, bog schließlich in eine Seitenstraße ein. Hier rationierten die breiten Einfahrten zu den Garagen großbürgerlicher Einfamilienhäuser die Parkmöglichkeiten. Er wendete erneut, parkte in der Verbotszone gegenüber dem Laden. Als er die Straße überquerte, geriet hinter ihm ein Auto ins Schlingern. Die Reifen quietschten, dann kam der Aufprall. Blech knirschte auf Blech. Bei einem roten Wagen mit der Aufschrift „Handwerker-Sofortdienst" hatte sich der Kotflügel wie ein Vogelschnabel geöffnet und sich in die Frontpartie von Brahms' Auto verbissen. Der Fahrer hatte die Hände vor dem Gesicht. Darüber wellten sich graue nach vorn gefallene Haare.
Brahms lief zurück, öffnete die Fahrertür. „Sind Sie verletzt?"
Der Mann zog langsam die Hände herab, bis seine Augen über den Fingerspitzen sichtbar wurden, dann schob er das gewellte Haar zurück. Ein Gesicht, das Brahms schon einmal gesehen hatte, sagte: „Nein, ich

bin nicht verletzt. Jedenfalls nicht physisch, aber ich fürchte, meine Psyche hat eine Delle bekommen." Dicke Tränensäcke zogen die unteren Lider herab. In diesem Augenblick die passende Mimik.

„Wie ist das passiert?"

Die Hände fielen in den Schoß. Und jetzt wusste Brahms, wo er den Mann gesehen hatte. Es war der etwa Fünfzigjährige, der sich gestern bei ihm vorm Haus um den gestürzten Pizzaboten gekümmert hatte. Die Wangen des Mannes hingen in kleinen Säcken am Kinn herab, zogen die Mundwinkel mit sich nach unten. Zu viel Haut.

„Eine Katze oder ein anderes Tier. Ich versuchte auszuweichen … aber … Ich kann keinem Tier ein Härchen krümmen." Mit einem Atemzug richtete er sich auf, um gleich darauf die Luft wieder herauszulassen und in sich zusammenzusinken. „Was habe ich bloß angerichtet! Ist das Ihr Wagen?"

„Ja. Hauptsache, es ist Ihnen nichts passiert."

Der Mann griff mit beiden Händen nach dem Türrahmen und zog sich unter Stöhnen aus dem Wagen. „Nein, mir geht es gut."

Er ging nach vorn und betrachtete den Schaden, dann stützte er sich mit beiden Händen auf der Motorhaube ab. „Wie konnte mir das passieren?" Sein grauer Anzug fiel als schlaffe Fahne auf Halbmast an ihm herab. Zu viel Stoff. Der gleiche Anzug wie gestern. Er öffnete den Hemdkragen. Eine dauerhaft gebundene Krawatte mit einem Gummiband. Unter dem Hemd

kam ein schwarzes Unterhemd zum Vorschein. Es irritierte Brahms. Der Mann strömte zwei Gerüche aus. Unter einem Lavendelduft züngelte Gummigeruch hervor.
„Es tut mir leid um Ihren Wagen."
Der Verkehr begann sich zu stauen. Brahms holte seine Kamera aus dem Handschuhfach und fotografierte damit den Unfall von allen Seiten. Dann bat er den Unfallfahrer, an den Straßenrand zu fahren, damit die anderen Autos vorbeigelangen konnten. Der Mann streckte die Hände aus, sie zitterten. „Könnten Sie das für mich tun? Ich brauche beide Hände, um mir die Ohren zuzuhalten, wenn sich das Blech voneinander löst."
„Und Sie wollen Handwerker sein?"
„Ich war gerade bei einer Probefahrt."
Brahms war sicher, dass der Mann einer seiner Verfolger war. Es konnte eine Falle sein, trotzdem setzte er sich hinter das Steuer des fremden Wagens, fuhr langsam zurück. Die Autos lösten sich mit einem Zähneknirschen voneinander.
Brahms stieg wieder aus und untersuchte den Schaden an seinem Wagen. Es war nur der Kotflügel über dem Reifen beschädigt.
„Das scheint nicht so schlimm."
„Im Grunde ist es sogar optimal. Denn ich bin Automechaniker, besitze eine kleine Werkstatt", sagte der Mann. „Und ich würde auf jeden Fall die Achse Ihres Wagens vermessen. Man weiß ja nie. Vorausgesetzt, Sie

geben mir die Chance, Ihren Wagen zu reparieren. Ich garantiere Ihnen, er ist anschließend wie neu. Und natürlich besorge ich Ihnen ein Ersatzfahrzeug während der Reparaturzeit."
„Automechaniker? Und dann können Sie nicht das Geräusch von Blech hören?"
„Ich lasse arbeiten." Der Mann grinste, lehnte sich mit dem Rücken an den Wagen, bog den Oberkörper weit zurück. Das Hemd öffnete sich weiter, es war aus der Hose gerutscht. Jetzt erkannte Brahms, was der Mann darunter trug. Es war etwas aus Kunststoff, Gummi. Eventuell auch ein Neoprenanzug, wie ihn Taucher trugen.
Der Mann bemerkte Brahms' Blick. „Ich trage einen Monteuranzug drunter", erklärte er. Er stopfte das Hemd in die Hose.
„Wirklich?"
„Okay, ich teste in meiner Freizeit Gummianzüge." Er grinste und griff in die Innentasche seines Jacketts, zog eine Brieftasche heraus, klappte sie in einer Hand auseinander und nahm mit der anderen eine Visitenkarte heraus. Alles war eine einzige fließende Bewegung, als wäre es Bestandteil der Choreografie eines Balletts. Kein Zittern mehr.
„Ich stelle Ihnen ein Ersatzfahrzeug, denn mit Lackierung wird die Reparatur drei Tage brauchen."
Brahms las die Karte. Wilhelm Koschke – Werkstatt für alle PKW und historische Fahrzeuge. Es folgte eine Adresse in Billstedt.

Koschke verwandelte sich. Er kam aus seinem Anzug hoch, die Stoffmenge war seinem Körper wieder angemessen, der Hals reckte sich mit Hühnerhaut. Er ging um seinen Wagen herum, rüttelte an dem Stoßfänger, drückte ohne Erfolg auf den Vogelschnabel aus Blech. Er schloss sich nicht.
Wilhelm Koschke kam zu Brahms zurück, wippte mit den Füßen auf und ab, entschuldigte sich mehrmals im gleichen Rhythmus. Er bot an, Brahms' Wagen für die Reparatur persönlich abzuholen. Brahms gab ihm ebenfalls eine seiner Visitenkarten. Koschke las sie und lachte. „Ermittlungen! Wir haben die richtigen Berufe für einen Unfall, was? Sie ermitteln den Schuldigen, und ich repariere die Schäden."
„Ja, was für ein Zufall." Brahms verkniff sich eine weitere Kommentierung und verabschiedete sich. Er überquerte wieder die Straße, um in Verena Henstedts Laden zu gehen. Er war verschlossen. Auf einem kleinen Schild stand, dass dienstags nur bis 14 Uhr geöffnet war. Er kam nur wenige Minuten zu spät. In den beiden Schaufenstern hingen Tafeln mit einer Auflistung der Leistungen. Am Ende der immer gleiche Slogan: Your Home Is Your Castle. Henstedt.
Hinter den Scheiben versperrten senkrechte Jalousien den Blick. Er klopfte gegen die Scheibe. Vielleicht war sie noch im Geschäft. Nichts rührte sich. Aber das Gefühl blieb, dass noch jemand in dem Laden war. Er hätte Verena Henstedt jetzt gern angerufen, aber sein Handy war noch im Besitz des Kommissars.

Er drehte sich um, der Unfallfahrer fuhr gerade davon. Eine Hand bewegte sich am Seitenfenster wie von einem Motor angetrieben. Ein Gummi-Monarch fährt vorbei und winkt seinen Untertanen. Der Ärmel schob sich zurück, darunter der Ansatz des schwarzen Gummis. Des Kaisers neue Kleider.
Der Unfall war eine Inszenierung.

11

Brahms betrachtete seinen eingedrückten Kotflügel und überprüfte, ob die Räder bei voll eingeschlagener Lenkung noch Spielraum hatten. Dann setzte er sich hinters Steuer und startete. In diesem Moment klopfte ein Insekt an seine Scheibe. Verena Henstedt mit großer Sonnenbrille.

Er ließ die Scheibe herab. „Sie waren doch noch in Ihrem Laden, nicht wahr."

Sie nickte. „Kommen Sie schon. Ich mache Ihnen ein Angebot."

„Hier ist Halteverbot."

Sie lachte, als hätte er einen Witz gemacht. „Wir haben den Wagen vom Laden aus im Blick, falls ein Polizist kommt. Und legen Sie das aufs Armaturenbrett." Sie reichte ihm eine ihrer Visitenkarten. Sie drehte sich um und lief mit großen Schritten über die Straße. Schnell aus dem Sonnenlicht. Brahms folgte dem Flattern ihres schwarzen Kleides, streckte seine Arme aus, um sich notfalls festzuhalten. Falls sie sich mit ausgebreiteten Fledermausflügeln in die Luft erhob, wollte er mit in die Höhe gerissen werden. Sie war schneller, flog nicht, drehte sich aber durch die nur einen schmalen Spalt geöffnete Tür in den Laden hinein wie ein Tier, das Schutz sucht vor zu viel Helligkeit. Krankheit oder ein

Vampir? Kaum war er im Laden, verschloss sie die Tür.
„Das da draußen, der Unfall ...“, begann sie.
„Sie haben ihn gesehen?“
„Kannten Sie den Mann?“
„Nein. Und Sie?“
„Nein. Ja.“
„Haben Sie seinetwegen abgeschlossen?“
„Es schien mir sicherer, nicht von ihm gesehen zu werden.“
„Warum?“
„Eine alte Geschichte.“
Brahms ging in dem Laden umher. Eine Schrankwand, verschiedene Glasvitrinen mit ausgestellten Schlössern, Riegeln und Alarmgebern unterschiedlicher Größe. An einer Wand eine große Schautafel mit einem Haus im Querschnitt und nummerierten Sicherheitsmaßnahmen. Verena Henstedt setzte sich hinter einen Schreibtisch, sie wies auf den Besucherstuhl davor.
„Das Einfachste wird sein“, sagte sie, „wir stellen eine Form von Abhängigkeit her.“
„Wieso? Was haben Sie vor?“
„Eine Schutzmaßnahme.“
„Sie sind die Fachfrau.“
„Um unsere Beziehung auf eine andere als die sich anbahnende Basis zu stellen, schlage ich vor, ich stelle Sie an, als Sicherheitsberater. Ganz abgesehen davon, dass ich dringend Unterstützung brauche. Ich bin sicher, Sie haben die notwendigen Fähigkeiten. Sagen wir, Sie arbeiten an ein bis zwei Tagen in der Woche.

Ich zahle zweitausend an Honorar und Provisionen. Kündigungsfrist von einem Tag auf den anderen. Einverstanden."
Sie streckte die Hand aus.
Brahms schüttelte den Kopf. „Wirklich? Was qualifiziert mich?"
Sie nahm die Hand zurück. „Darauf kommt es nicht an. Es ist ein Versuch, unsere Beziehung zu qualifizieren, zu entschärfen."
„Würden Sie Ihre Sonnenbrille für mich abnehmen?"
Sie verschränkte die Arme, biss sich auf die Lippen. „Gut, dann nicht. Auf Wiedersehen. Gehen Sie, bitte."
Sie stöhnte, nahm die Hände vor das Gesicht. „Los, hauen Sie ab! Nun gehen Sie schon."
Zögernd stand er auf, ging zur Tür, erwartete zurückgerufen zu werden, aber sie blickte nicht auf.
„Sicherheitsberater, gut, ich überlege es mir", sagte er.
Keine Reaktion.

12

Brahms bemerkte das Dilemma schon durch die große Schaufensterscheibe. Herr Max war überfüllt. Das Café im Schulterblatt hatte in kurzer Zeit die Kuchenliebhaber der Umgebung für sich gewonnen. Brahms entdeckte den Kommissar in einem graublauen Anzug aus vergangenen Zeiten neben der Tür stehend. Er wartete auf einen freien Platz. Petersen hatte einmal behauptet, er trage die alten Anzüge, weil sie das Maß für die Beständigkeit seines Körperumfangs seien. Wenn sie ihm eines Tages nicht mehr passten, dann müsse er wirklich abnehmen.

„Ich hätte bei Ihnen eher das Café Stenzel als Treffpunkt erwartet", sagte Brahms und gab ihm die Hand. „Haben Sie mein Handy dabei?"

„Ich wollte endlich mal ökologisch korrekt sein und vor allem den Kanadischen Käsekuchen probieren."

„Woher haben Sie den Tipp?"

„Von dem Koch und Autor Stevan Paul. Kennen Sie sein Buch *Monsieur, der Hummer und ich*?"

Brahms nickte. „Ja, wunderbare Geschichten."

„Aber ich habe keine Lust, länger zu warten." Bernd Petersen schob Brahms hinaus. „Kommen Sie, wir gehen ins Stenzel."

„Wo ist mein Handy?"

„Nun seien Sie nicht so ungeduldig. Sie hatten nur vier Anrufe. Ich habe alles für Sie erledigt."
Sie wechselten die Straßenseite, wichen einem Pizzaboten mit Motorroller aus und betraten nach etwa hundert Metern das Café Stenzel. Der Kommissar entschied sich am Tresen für ein Stück Schwarzwälder Kirsch, entdeckte dann die bunten selbstgemachten Petit Fours und ließ sich davon noch zwei auf den Tellerrand legen.
„Die Brötchen sind hier die besten der Stadt, behauptet ein Rundfunksender", sagte Brahms und bestellte nur einen Kaffee.
Der Kommissar zeigte auf die Empore im hinteren Ladenteil. „Da hat man freies Schussfeld."
„Was erwarten Sie?"
„Man weiß nie." Er ging voran und setzte sich an den Tisch direkt am Geländer. „Außerdem ist es hier noch ein bisschen wie vor dem Umbau des Cafés."
„Mein Handy!", forderte Brahms.
Petersen zog es aus der Tasche seines Jacketts und legte es auf den Tisch.
„Haben Sie ermittelt, woher die SMS kam?"
„Ja. Und der erste Anruf für Sie kam von einer gewissen Hanna. Sie möchte, dass Sie heute einspringen und die Spätschicht um 22 Uhr in ihrer Bar übernehmen."
Brahms nahm sich sein Handy, drückte auf die Anruferliste. Der Kommissar legte seine Hand auf die von Brahms. „Sie müssen nicht zurückrufen. Ich hab schon zugesagt."
„Was?"

„Ja. Der zweite Anruf kam von Ihrer Mutter, die vergessen hatte, dass ich ja Ihr Handy konfisziert hatte."
„Was wollte sie?"
„Nichts Bestimmtes … behauptete sie. Aber natürlich hängt der dritte Anruf damit zusammen. Sie wollte Sie auf den dritten Anruf vorbereiten."
Kaffee und Kuchen wurden serviert. Brahms nahm das Handy vom Tisch und steckte es in die Tasche.
„Der dritte Anruf kam von Verena Henstedt."
„Wirklich?"
„Natürlich hatte sie die Handynummer von Ihrer Mutter bekommen."
„Und was wollte sie?"
„Oh, über die Sicherheitsmaßnahmen in Ihrem Elternhaus sprechen, behauptete sie."
„Behauptete sie? Was heißt das?"
Der Kommissar lehnte sich zurück. „Brahms, was haben Sie mit der Frau gemacht?"
„Nichts."
„Aha."
„Aha?"
„Noch nichts, was?" Bernd Petersen zog die Lippen nach innen, gab sich das Aussehen eines Zahnlosen, dann beugte er sich vor und winkte Brahms bis über den Tisch heran. „Es gibt etwas, dass Sie über Verena Henstedt wissen sollten. Aber ich bin Polizeibeamter, ich muss schweigen."
„Sie hat irgendeine Krankheit, nicht wahr?"
„Fragen Sie sie selbst."

„Ist sie ein Vampir, eine Untote oder sowas Ähnliches?"
Der Kommissar grinste. „Ich habe ihr gesagt, sie soll ab zweiundzwanzig Uhr in Hannas Bar kommen."
„Das haben Sie wirklich gesagt?"
Der Kommissar trennte die Spitze der Schwarzwälder Kirschtorte und schob sie sich in den Mund. Das Tortenstück auf dem Teller fiel in Zeitlupentempo auf die Seite.
„Seien Sie froh, dass ich Ihre Termine gemanagt habe."
Er schob die beiden Petit Fours in der Papierschale wie kleine Schiffe über den Tisch in Brahms' Richtung.
Brahms schüttelte den Kopf.
„Nun probieren Sie schon eins."
„Wer war denn nun der Absender der SMS mit der toten Frau?"
Petersen sah sich um, ob jemand in der Lage war, ihr Gespräch mitzuhören.
„Das Handy gehört dem Mitarbeiter einer großen Bank. Er war zum Mittagessen im Café Paris in der Rathausstraße. Neulich habe ich dort wunderbare Cannelloni gegessen. Waren Sie schon mal da?"
Brahms nickte. „Eine Sehenswürdigkeit mit der hohen Gewölbedecke und den Kacheln. Es war mal eine Schlachterei. Und weiter?"
„Am Nachmittag stellte er fest, dass sein Handy verschwunden war. Er rief im Café Paris an. Dort hatte man es gefunden. Und genau in dieser Zeit ist die SMS abgeschickt worden. Das Seltsame: Die Nachricht war noch als Einzige auf seinem Handy gespeichert."
„Wieso seltsam?"

„Wenn ich eine solche SMS unerlaubt auf einem Mobiltelefon versende, würde ich sie anschließend löschen."
Brahms nahm sich eines der Petit Fours, knabberte daran.
„Sagten Sie nicht, ich hätte vier Anrufe gehabt?"
„Richtig. Nils Noll von Ihrer Rock-Band rief an, wegen der Probe heute. Ich hab ihm gesagt, Sie könnten nicht kommen. Er will Sie aus der Band rausschmeißen."
Brahms knurrte.
Petersen erhob sich.
„Warten Sie, was ist mit dem Tatort?"
„Versiegelt."
„Kann ich da mal rein?"
„Nein."
„Und die tote Frau?"
„In der Gerichtsmedizin."
„Kann ich …"
„Nein."
„Womit ist sie getötet worden?"
„Mit einer Messingfigur erschlagen."
„Der oder die Einbrecher, wie sind sie hineingelangt?"
„Terrassentür aufgeschoben. Ganz einfach. War nicht verriegelt."
„Petersen, können Sie mir nicht irgendwie …Wie soll ich denn einen Fall klären, ohne den Tatort, geschweige denn das Opfer sehen zu können?"
„Es existiert wohl eine neue Art von Einbrechern. So eine Art Robin-Hood-Bande mit einer Ideologie. Und

dann scheint es noch eine andere gut organisierte, traditionell arbeitende Bande zu geben.
„Deshalb die vielen Einbrüche in letzter Zeit."
„Ich komme heute Abend und überlege mir, was ich Ihnen erzählen darf ... kann."
Er neigte sich noch einmal zum Tisch herab, stützte beide Hände auf. „Wenn ich es richtig verstehe, Brahms, so haben Sie von einem unbekannten Verbrecher den Auftrag bekommen, die Tat eines anderen Verbrechers aufzuklären – das ist gegen jeden Ehrenkodex eines Detektivs. Denn aus Sicht der Polizei gehören Sie damit zu den Kriminellen. Zusätzlich geraten Sie möglicherweise zwischen die Front von zwei Einbrecherbanden, die sich ins Gehege gekommen sind."
„Aber dafür gibt es keine Beweise."
„Und, mein lieber Brahms, bestimmt verstoßen anonyme Aufträge auch gegen die Regeln eines anständigen Ermittlers."
„Das stimmt allerdings."
„Haben Sie schon Geld bekommen?"
„Ja."
„Und nun überlegen Sie sich mal, was der Täter, der vermutlich von Ihrem Auftrag weiß, denn er stammt ja aus demselben Milieu wie der Auftraggeber, mit Ihnen machen wird? Das ist vermutlich sogar die Hoffnung Ihres Auftraggebers, dass sich der Täter auf diese Weise verrät."
„Keine Ahnung."
„Er wird Sie umbringen!"

13

Der Stadt dämmerte die abendliche Trunkenheit ihrer Bewohner. Ein kurzer Regenguss doppelte die Lichter in den Pfützen. Sie schlängelten sich über das nasse Straßenpflaster. Die Reifen von Brahms' Wagen zerstörten die abstrakten Gemälde und schufen neue, die vor den nachfolgenden Wagen zitterten. Er fuhr über die Reeperbahn, bog am Ende rechts ab und suchte einen Parkplatz, auf dem er den Wagen bis zum nächsten Abend stehen lassen konnte. Aber die Reihe der buckelnden Wagen in der Holstenstraße suchten mit ihren nassen Rücken die Nähe des anderen, ließen keine Lücke. Er bog in die Paul-Roosen-Straße ein. Früher eine Rückseite der Reeperbahn. Aber der Schwarzschimmel an den Häusern war übermalt worden, die Straße hatte mehr Lichter bekommen. Alte Häuser waren renoviert worden, und mit vielen kleinen Läden entstand eine neue Szene. Zwei, drei junge Leute taten sich zusammen und betrieben gemeinsam ein Geschäft oder eröffneten ein Café, ein Restaurant, eine Bar.

Er fand einen Platz, war sich aber nicht sicher, ob er sich schon in der Parkzone für Anwohner befand. Da es bereits kurz vor zweiundzwanzig Uhr war, ging er das Risiko eines Strafzettels ein.

In der Simon-von-Utrecht-Straße erhellten blaue Blitze die umliegenden Hausfassaden. Die Straße war abgesperrt. Feuerwehr, Polizei, Krankenwagen. Er fragte einen der zahlreichen Zuschauer, was geschehen sei.
„Motorradfahrer tot“, kam die Antwort. „Das sind ja auch alles Verrückte. Wie die hier immer vorbeidonnern.“
Ein anderer mischte sich ein. „Ich habe es genau gesehen. Er wurde von einem roten Wagen gestreift. Der fuhr einfach weiter. Der Motorradfahrer stürzte und wurde dann noch von einem anderen Pkw überfahren.“
Mit schnellen Schritten ging er bis zur Talstraße, und plötzlich sah er Wilhelm Koschke aus einem Auto steigen. Obwohl er jetzt enge schwarze Lederkleidung trug, erkannte ihn Brahms sofort. Einen Moment überlegte er, ihm nachzugehen, um den Grund der Verwandlung herauszufinden, aber dann würde er mit Sicherheit zu spät in Hannas Bar kommen.
Koschke überquerte die Simon-von-Utrecht-Straße und marschierte weiter in die Talstraße hinein Richtung Reeperbahn. Brahms bog zum Hamburger Berg ab.
In Hannas Bar war wenig los. An den Tischen zwei Pärchen. Drei Männer am Tresen, Hanna dahinter als Objekt ihrer Verehrung. Ganz in Schwarz, Jeans und Bluse, etwas Glitzer darüber gestreut. Brahms stellte sich hinter die drei Hähne. Jeder von ihnen stolzierte im Sitzen.
„Meine Ablösung“, rief Hanna laut und winkte ihn in die Küche. Sie schloss die Tür bis auf einen Spalt, dann

umarmte sie Brahms und flüsterte, er solle sich die drei Männer ansehen, welcher am besten zu ihr passe.
„Du betreibst die Bar also immer noch als Falle für einen zukünftigen Ehemann."
„Ich habe alle drei herbestellt. Wir wollen gleich über die Reeperbahn ziehen."
Brahms schnüffelte durch den Türspalt. „Der rechts mit den wenigen Haaren hat was mit Versicherungen oder Banken zu tun, stimmt's?"
„Versicherungsagent. Du kennst ihn?"
„Nein. Der in der Mitte riecht nach Staub und Brühwürfeln. Hat was mit Büchern zu tun", fuhr Brahms fort. „Oder Lebensmittelvertreter?"
„Der Mittlere ist tatsächlich Buchhändler."
„Und der links ist Boxer. Ich sehe es der Nase an."
„Ja, Amateur, sonst leitet er ein Fitnesscenter. Woher weißt du das alles?"
„Ich bin ein halber Hund. Meine Instinkte und mein Geruchssinn sind hervorragend."
Hanna legte sich eine schwarze Jacke mit schwarzem Kunstpelzrand über die Schulter. „Nun sag schon, welchen soll ich nehmen?"
„Der Versicherungsmensch bietet Sicherheit, der Buchhändler intelligente Unterhaltung, der Boxer die Spontaneität, die Witze."
„Stimmt, aber bei dem Boxer weiß ich nicht, ob seine Witze schon die Folge eines beschädigten Gehirns sind."
„Egal, du brauchst alle drei!"

„Ich soll mit allen dreien …“
„Jeder bekommt zwei Tage in der Woche, und den letzten Tag hast du frei.“
„Ach, du nimmst mich nicht ernst.“ Sie boxte ihn gegen die Brust, ging in die Bar und sang: „Es kann losgehen!“
Die drei Hähne rutschten von der Stange, richteten ihr Gefieder. Keiner von ihnen, dachte Brahms, ist der Richtige. Und zu dritt werden sie alle, um sich zu profilieren, ein falsches Bild von sich abgeben. Ein verlorener Abend auf der Suche nach einem passenden Partner. Ein unterhaltsamer Abend, wenn man das weiß.
Brahms kontrollierte den Tresen und die Getränkevorräte, ergänzte Wodka, Zitronen und Kaffee. Etwa in einer Stunde würde die Bar voll sein von jenen Pistengängern, die in der Schanze die ersten Getränke zu sich genommen hatten, am Hamburger Berg die nächste Station machten, dann die Reeperbahn überquerten und vielleicht runter bis an die Elbe gingen.
Der erste neue Gast war Kommissar Petersen, er schob Thoralf Wellman vor sich durch die Tür. „Ich hab Ihren Dr. Watson getroffen und gleich mitgebracht“, sagte er und zog sich auf einen Barhocker, richtete seinen Bauch aus, dass er über den Gürtel hing, und verlangte ein Glas Wasser.
„Falls ich verhaftet bin“, sagte Wellmann, „dann bitte einen Brandy, aber in einem Wasserglas, randvoll.“
„Und jetzt“, sagte der Kommissar, nachdem Brahms

ihnen die Getränke serviert hatte, „jetzt will ich wissen, was die Hundenase denkt."
„Dazu braucht sie erst mal alle Informationen über den Einbruch."
„Sie haben sich doch schon Ihre Gedanken gemacht." Brahms nahm sich selbst ein Bier.
„Worum geht's genau?", fragte Wellmann.
„Ich erhielt den anonymen Auftrag, einen Mord zu klären, der bei einem Einbruch geschah. Aber im Grunde war dieser Auftrag nur ein Signal an die Polizei, an unseren Kommissar hier. Der unbekannte Auftraggeber wusste, dass ich mit ihm zusammentreffen würde. Der Auftrag an mich sollte signalisieren, dass der Einbrecher den Mord nicht begangen hat. Es muss sich um eine Bande handeln, deren Einbrüche durch bestimmte Gewohnheiten kenntlich gemacht werden. Sagen wir mal, sie zerschlagen immer eine Scheibe von innen. Von innen!"
Der Kommissar neigte sich vor, sein Bauch wurde von der Tresenkante in zwei Teile gepresst. „Verdammt, woher wissen Sie das?" Die Worte zischten wie Fleischstücke in der Bratpfanne.
„Dieses Zeichen wurde also bei dem Einbruch mit dem Mord ebenfalls hinterlassen."
Der Kommissar kam hoch und stützte sich mit den Fäusten auf den Tresen. Die Augen wurden schmal, die Brauen sträubten sich. „Wer hat Ihnen das mit der Scheibe gesagt?"
„Schon gut. Ein Informant im Auftrag meines unbe-

kannten Auftraggebers hat mir dieses kleine Leckerli vorgeworfen, damit ich das Interesse nicht verliere. Die Frage ist nun, wer weiß von diesem Kennzeichen? Antwort: die Polizei und die Mitglieder der Einbrecherbande. Mein Auftraggeber ist also entweder Polizist oder Verbrecher."

Der Kommissar war wieder auf seinen Sitz zurückgefallen.

„Die Polizei können Sie ja wohl ausschließen."

Brahms schnaufte durch die Nase. „Der Auftrag an mich könnte bedeuten, den Mordverdächtigen bei der Polizei zu suchen, denn dort kennt man auch das Signum des Einbrechers. Wie weit sind Sie mit Ihrer Untersuchung?"

„Solange Sie einen Auftraggeber für den gleichen Fall haben, der wahrscheinlich ein Krimineller ist, erfahren Sie von mir nichts." Der Kommissar erhob sich und sah auf seine Armbanduhr.

In diesem Moment betrat der *Morgenpost*-Verkäufer mit der Nachtausgabe die Bar. Die Schlagzeile lautete: „Bei Einbruch Mord!"

„Da haben Sie Ihre Informationen", sagte Petersen. Er verabschiedete sich und verließ das Lokal.

„Der will, dass du den Auftrag zurückgibst", sagte Thoralf Wellmann.

„Nein, das täuscht. Der will, dass ich dranbleibe. Jetzt organisiert er meine Rundum-Überwachung, um an meinen Auftraggeber zu kommen."

14

Die Zeitung war noch warm und roch nach dem künstlichen Farbstoff eines Waldmeistergelees.

Brahms senkte die Nase auf das Papier. „Die riecht, als wäre sie extra für mich gedruckt worden."

Thoralf Wellmann legte die Zeitung quer, und beide lasen gleichzeitig. Brahms musste niesen.

Der Einbruch und der Mord an Eva R., so wurde berichtet, sei vor zwei Tagen gegen Mittag in der Bellevue geschehen, die Polizei habe die Informationen zurückgehalten, um die Ermittlungsarbeiten nicht zu gefährden. Der Werbekaufmann Carsten R. habe erst am Abend seine Frau gefunden und den Einbruch bemerkt. Schmuck im Wert von rund 50 000 Euro sei gestohlen worden.

Ein Foto des Paares vom Presseball im Hotel Atlantic und eins von einer Feier in einem Restaurant, die Augen mit schwarzen Balken verdeckt. Die Bildunterschriften informierten darüber, dass die 42-jährige Ehefrau kaum ein Fest in der Hansestadt ausgelassen habe.

„Lebenslustig. Da steht wirklich ‚lebenslustig'", sagte Brahms. „Was meinen die damit?" Er wiederholte das Adjektiv und spekulierte über seine negative Bedeutung.

Wellmann zog noch einmal die Fotos heran. „Ich kenne diese Frau. Doch doch, dieses Kinn, der Mund, das kenne ich genau“, sagte der Maler. „Vor etwa einem halben Jahr hatte ich einen Auftrag, sie zu malen. Ein kleines Bild nur, sie wollte es verschenken. Ich dachte, es wäre für ihre Eltern oder ihren Ehemann, aber im Laufe der Sitzungen kam heraus, dass es für einen Liebhaber bestimmt war. Jetzt hast du deine Bedeutung von lebenslustig.“

„Dann kennst du ihre Adresse, den Einbruchsort?“

„Ich glaube, sie nannte mir einen falschen Namen, zahlte bar. Aber durch Zufall sah ich sie bei einem Spaziergang um die Alster aus einem Haus in der Bellevue kommen. Ein Gebäude mit vier oder fünf Wohnungen. Ich könnte es dir zeigen. Ein Foto von dem Gemälde habe ich auch noch.“

„Mensch, Thoralf, hol mir das Foto. Und über Google kannst du am Computer herausfinden, welche Hausnummer es ist und vielleicht wer da noch wohnt, und Luftbilder ausdrucken. Ich will sehen, wie der Einbrecher nach hinten zur Terrasse gelangt ist.“

„Jetzt sofort?“ Er betrachtete sein Rotweinglas.

Brahms nahm das Glas. „Ich stelle es für dich zurück. Nachher trinkst du weiter.“

Thoralf Wellmann forderte das Glas und trank es aus. „Es sind fast zwei Kilometer hin und zwei zurück. Und du willst doch nicht, dass ich unterwegs einkehren muss?“

„Nein.“

„Dann gib Geld für ein Taxi und ruf eins.“

„Die kurze Strecke?“ Brahms legte einen Zehner in die

ausgestreckte Hand des Malers. „An der Ecke Reeperbahn ist gleich ein Taxistand."
Wellmann zog seine Jacke über. In diesem Augenblick kam Nils Noll, der Bandleader, mit ausgestrecktem Zeigefinger durch die Tür. „Brahms, du bist draußen, weg vom Fenster, im Kamin!", rief er. Die langen Haare fielen ihm ins Gesicht. „Wir sind alle Profis, da müssen Probenzeiten eingehalten werden. Stattdessen machst du hier Tresendienst. Wie stellst du dir das vor? Wir haben eben ohne dich die neuen Stücke geprobt, in drei Monaten gehen wir auf Tour."
„Ganz ruhig bleiben, der Mann ist bewaffnet", sagte Wellmann.
„Was?" Nils Noll wankte.
„Er hat Zähne, er beißt", erklärte der Maler, dann verschwand er nach draußen.
„Tut mir leid", sagte Brahms. „Ich wusste nichts von der Probe."
„Ich hab dich angerufen. Du bist draußen, wir brauchen dich nicht mehr. Die Gitarre mache ab jetzt ich. Gitarre kann doch jeder." Er strich sich mit beiden Händen das lange Haar aus dem Gesicht. „Das kriege ich auch noch hin."
Brahms wollte ihm erklären, dass der Kommissar an seinem Handy über seine Zeit bestimmt und die Probenteilnahme abgesagt hatte, doch dann lehnte er sich auf den Tresen und sagte langsam: „Die neuen Stücke sind alle von mir. Wenn ich nicht mehr in der Band bin, dann sind es meine Songs auch nicht mehr."

Noll setzte sich auf einen Barhocker. „Du hast verdammtes Glück“, grinste er. „Die anderen konnten heute auch nicht zur Probe kommen. Sie ist ausgefallen.“

15

Die große Sonnenbrille fehlte. Aus dem Insekt war eine Larve geworden. Evolution in der falschen Reihenfolge. Sie trug eine schwarze Wollmütze bis an die Augenbrauen herabgezogen, das Haar darunter verborgen. Eine schwarze knielange Wolljacke wickelte sich gleich zweimal um ihren Körper. Darunter schwarze Jeans. Sie sah aus wie jemand, der nicht erkannt werden und sich eher als Mann ausgeben wollte.
„Keine Sonnenbrille?“, fragte Brahms.
Sie senkte den Blick. „Bedingung“, sagte sie. „Sie sehen mir niemals direkt in die Augen, sonst hole ich die Brille.“
„Gut, abgemacht.“
Sie trank Weißwein. Er stellte ihr das Glas hin, sah zur Decke und fragte: „Was ist das für eine Krankheit?“
Die Antwort war ein Kopfschütteln mit dem Blick in ihr Glas. „Nichts.“
„Oder könnte es sein, dass Sie bei Tageslicht zu Staub zerfallen?“
Sie blickte nicht auf.
„Vampire sind ja gerade sehr in Mode“, sagte Brahms.
„Kann man hier nicht in Ruhe ein Glas Wein trinken?“, schnauzte sie.
Er bediente und sah sie von der Seite an. Sie betrachte-

te die Kante des Tresens und ihre Finger tasteten nach den Kerben. Eine Warnung in Keilschrift: Geh niemals allein nach St. Pauli!

Hannas Bar füllte sich rasch, so dass er keine Zeit hatte, mit ihr zu sprechen. Er ging in die Küche, um Nachschub an Limonen zu holen und die vorderen Kühlschränke mit Bierflaschen aufzufüllen. Als er wieder nach vorn kam, hatte Verena Henstedt den Tresendienst übernommen, servierte einem Mann ein Glas Rotwein und kassierte sofort.

„Ich mach das Bier, Wein und Softgetränke, du die Cocktails und Longdrinks, denn davon habe ich keine Ahnung“, befahl sie.

Sie zog die Mütze vom Kopf und schüttelte ihr Haar. Es legte sich von selbst zur Prinz-Eisenherz-Frisur, nur ein paar Strähnen streckten sich elektrisiert in den Raum. Dann wickelte sie ihren Körper aus der Jacke. Unter dem Ärmel des kurzen T-Shirts wurde eine Tätowierung am linken Oberarm sichtbar. Eine Art unscharfer Totenkopf. Beim Kassieren bog sie ihren Körper, bewegte sich, wie es angeblich Schlangen tun, wenn sie mit der Melodie einer Flöte in Hypnose versetzt werden. Hier funktionierte es umgekehrt. Sie hypnotisierte die Gäste. Das Glas für das Trinkgeld füllte sich schneller als sonst.

Erst nach Mitternacht leerte sich die Bar. Verena Henstedt ging in die Küche, setzte sich auf einen Bierkasten und stützte den Kopf in die Hände. Er folgte ihr.

„Und das machen Sie immer?“, fragte sie und betrach-

tete ihre schwarzen flachen Stoffschuhe, bewegte die Zehen darin.
„Nein, normalerweise nur am Wochenende ein oder zwei Schichten. Ich mache es gern, und es bringt die Miete für meine Wohnung im Eppendorfer Weg."
„Ich dachte, Sie hätten reiche Eltern."
„Ich versuche, ohne deren Geld auszukommen."
„Das scheint mir ziemlich dumm."
„Meine Tätigkeit als privater Ermittler bringt nicht immer genug ein."
„Schnüffler!"
„Und was ist mit Ihrer Krankheit. Die Augen. Sie können niemand ansehen. Warum nicht?"
Sie schüttelte den Kopf. „Ich kann nur Sie nicht ansehen."
„Nur mich nicht?" Er griff nach ihren Armen und zog sie hoch. Sie blickte ihn an, und er küsste sie.
„Begreifst du", sagte sie, „du bist meine Krankheit."
„Und du meine!" Er küsste sie auf die Nase, auf die Augen, auf den Mund, auf den Hals und kam sich vor wie ein Ertrinkender und Verdurstender zugleich. Ihre Hände suchten sich einen Weg unter sein T-Shirt, hielten seinen Körper über Wasser. Wie Taucher unter Wasser in Notsituation gaben sie sich gegenseitig Sauerstoff. Sie wurden in eine dunklere Ecke der Küche abgetrieben, waren schon dabei sich zu entkleiden, um besser schwimmen zu können, ein Ufer zu erreichen, an dem sie nebeneinander im warmen Sand liegen konnten, in den Ohren nur noch das Rauschen einer fernen Welt.

Doch plötzlich stieß sie ihn mit beiden Händen von sich, schnappte nach Luft. „Das ist unmöglich. Es geht nicht."
Brahms schwankte wie ein Süchtiger, dem der Entzug Schmerzen bereitet. Er streckte die Hände nach ihrem Körper aus.
„Wir gehören nicht zusammen. Es geht nicht. Es darf nicht sein", sagte sie und wich zur Seite. „Ich sehe schon, dass ich für dich mitdenken muss."
„Ich liebe dich, seit ich dich das erste Mal gesehen habe", sagte Brahms, „und damit ist alles ganz einfach."
„Es geht absolut nicht." Ihre Stirn zog sich zur Nasenwurzel zusammen, die Augenbrauen richteten sich auf.
„Aber, aber du wolltest mich sogar einstellen." Es gelang ihm, ihre Stirn zu küssen, aber die Falten darauf verschwanden nicht.
„Ich dachte, es ist eine Möglichkeit, eine geschäftsmäßige Beziehung herstellen, verstehst du? Ich wollte uns die Möglichkeit nehmen, uns zu lieben, ich wollte uns entschärfen. Wir dürfen nicht zusammen sein!"
Brahms schüttelte den Kopf. „Es hätte nicht funktioniert. Warum auch?"
„Weil ich von der anderen Seite komme."
„Du warst lesbisch?"
„Du Dummkopf."
Er fasste ihre Arme, wollte sie wieder küssen, aber sie entzog sich erneut. Sie versteckte ihr Gesicht hinter dem Gitter ihrer Finger.

„Hör mir jetzt genau zu!“, befahl sie. „Du musst das wissen: Ich habe seit meinem sechzehnten Lebensjahr über hundert Einbrüche begangen und erst vor drei Jahren damit aufgehört. Ich bin zwar nur ein einziges Mal verurteilt worden. Eine Jugendstrafe. Aber es laufen immer noch Ermittlungen gegen mich. Und du – du bist ein Privatdetektiv! Du arbeitest mit der Polizei zusammen!“

„Du doch auch.“

„Ach, Petersen, der ist okay. Er hilft mir, weißt du, damit ich auf dem rechten Weg bleibe.“ Sie lachte. „Nein, das Schlimmste ist ... da sind immer noch Gespenster von früher ... also, ich hatte Partner. Es gibt einfach Leute, die haben Angst, dass ich sie verraten könnte. Verstehst du, die sind hinter mir her.“

„Die bedrohen dich?“

„Die wollen mich töten.“

Vorn klopften schon die Mörder mit den flachen Händen auf den Tresen. „Hallo, wir wollen noch was trinken!“, riefen sie im Chor.

16

Ein kurzer Regenschauer trieb immer mehr Menschen in die Bar am Hamburger Berg. Wie bei einem Konzert drängten die Besucher nach vorn zum Tresen, als wäre er eine Bühne. Die Männer rochen wie Hunde mit nassem Fell, streckten die Nase nach der Neuen hinterm Tresen. Sie schnüffelten, riefen laut Bestellungen, nutzten die kleinste Lücke aus, um sich zwischen zwei anderen hindurchzuschieben, sich aneinander zu reiben und zu grunzen.
Das Stimmengewirr veranlasste Brahms, die Musik aufzudrehen. Die Folge war, dass auch die Gespräche an Lautstärke zunahmen, und Brahms wiederum die Musik lauter stellte. Verena verführte mit Blicken und Bewegungen, reichte Bierflaschen und Getränke in Gläsern über die Köpfe und Schultern bis in die dritte Reihe vor dem Tresen. Das Geld nahm den gleichen Weg zurück. Mancher, der es bis zum Tresen geschafft hatte, versuchte Verena zu berühren, sie am Arm festzuhalten, um ihr nah zu sein oder vor den anderen bedient zu werden. Sie entwand sich mit einem Lachen. Und immer, wenn Brahms eingreifen wollte, hatte sie schon alles in der Hand. Sie nahm ihm fast alle Arbeit ab, mixte sogar Getränke, von denen sie vorher behauptet hatte, nicht zu wissen, welche Zusammen-

setzung sie hätten. Vielleicht kam es auch nicht mehr darauf an.
Und dann, als sich Verena einmal nach ihm umsah, lächelte, als wäre sie sich einer Schuld bewusst, zog er sie zu sich heran und küsste sie lange. Dann gab er sie wieder mit einer Drehung frei, als hätten sie getanzt. Die Gäste applaudierten. Der Tresen war doch Bühne. Verena das Theaterstück, das in dieser Nacht gespielt wurde. Und Brahms spielte mit, war sich sicher, die Heldin würde im letzten Akt in seinen Armen liegen. Ein Happy End.
Er dachte an die Dreigroschenoper. Doch hier waren die Rollen vertauscht. Verena war nicht Polly, sondern sie war der Gangster Macheath, eine Einbrecherkönigin. Dann blieb für ihn die Rolle des Polizeichefs oder Sheriffs, und er würde sie hinrichten müssen. Vielleicht durften sie aufgrund ihrer Vergangenheit wirklich nicht zusammen sein. Aber schon bei Brecht konnte sich der Zuschauer ein ihm genehmes Ende aussuchen.
„Da hat mir jemand einen Heiratsantrag gemacht“, flüsterte ihm Verena ins Ohr. „Soll ich ja sagen?“
„Wer ist es? Ich bringe ihn um.“
Sie lachte. „Ich will dir jetzt immer hinter dem Tresen helfen. Es ist toll.“
„Ich glaube, das halte ich nicht aus. Ich bin eifersüchtig.“
„Übrigens, der ganz rechts mit den grauen Haaren in der zweiten Reihe will mich malen. Wahrscheinlich nackt.“

„Thoralf Wellmann!“ Erst jetzt entdeckte Brahms den Maler. Thoralf hob den Arm, winkte mit weißen Papieren. Eine Möwe mit lahmen Flügeln über den Köpfen der Menge. Er war mit seinen Unterlagen in den Regenschauer gekommen. Die Möwe stürzte ab, der Maler ließ sich zurückdrängen. Zwei junge Männer, schwarzes Haar zum Ansatz eines Hahnenkamms gestylt, zwängten sich an den Tresen, stellten ihre leeren Gläser ab und streckten ihre Hände wie Verdurstende nach Verena aus. Sie lehnten es ab, durch Brahms bedient zu werden. „Wir wollen Verena.“
Erst jetzt begriff Brahms, warum es so voll war. Ihre Wirkung auf die Gäste war wie Alkohol. Die Männer sahen sie an und waren betrunken von der Möglichkeit, ihr näher zu kommen.
Thoralf hatte sich zum Eingang der Theke durchgearbeitet. Er breitete zwei Blätter neben der Kaffeemaschine aus. „Es stimmt. Das ist das Haus, in dem der Einbruch stattgefunden hat, und das muss die Tote sein. Über die Hausbewohner hab ich im Internet nichts gefunden. Ich brauche dazu Namen. Das Foto von dem Gemälde der Frau hab ich erst mal nur in Schwarzweiß ausgedruckt.“
Die Lautstärke in der Bar übertönte jedes Wort. Er musste es wiederholen, damit Brahms es verstand.
Auf dem Papier breiteten sich braune Kaffeeflecke aus wie Blut auf Löschpapier.
Verena beugte sich jetzt ebenfalls über die Fotos. „Da hat der Einbruch stattgefunden“, brüllte sie. „Aber

diese Frau ist nicht Eva Reitmeier, die Tote. Das ist ihre Freundin. Ich glaube, sie heißt Renate." Sie zog die *Morgenpost* mit dem Foto heran. „Der Mann hier ist allerdings Carsten Reitmeier."

„Woher weißt du das?" Brahms fasste sie an der Schulter.

„Ich weiß es einfach."

Sie befreite sich, ging zum anderen Ende der Theke und bediente.

Mit leeren Flaschen kam sie zurück, hielt sie als Schutz vor sich. Brahms wollte sie in die Küche schieben, um mit ihr zu reden. Aber sie schüttelte den Kopf.

„Woher weißt du das?", fragte er, obwohl er die Antwort schon kannte.

„Carsten und Eva Reitmeier aus der Bellevue waren meine Auftraggeber. Die Sicherheitseinrichtungen der Wohnung stammen von mir."

17

Verena zwängte sich mit einem leeren Getränkekasten durch die Menge, um die Flaschen einzusammeln. Sie hob den Kasten hoch über den Kopf. Es war ein Signal, plötzlich wurde getanzt. Die Köpfe schwammen auf einem Meer von Leibern. Verena drehte sich ein paar Mal mit einem Mann. Der Beginn eines Strudels, der sie hinabzog. Sie tauchte am Tresen wieder auf, und von dort schwamm sie in die Küche. Er folgte ihr. Sie stand am Fenster zum Hof und untersuchte das Gitter.

„Nicht besonders gut gesichert, was?“, sagte er.

Sie lächelte und hatte einen leichten Schmerz im Gesicht.

„Gibt es einen Hinterausgang?“, fragte sie. „Ich muss weg.“

„Wovor willst du fliehen?“

„Vor meiner Vergangenheit.“

Brahms umarmte sie. „Du hast mich.“

„Das macht alles noch schlimmer.“ Sie befreite sich, wendete sich ab. Sie verschränkte die Arme fest vor der Brust, drehte die Füße, so dass sie mit den Spitzen der schwarzen Leinenschuhe und den Knien gegeneinanderstieß.

„Ich will nicht da draußen an allen vorbei.“ Sie begann, an den Fingernägeln zu kauen. „Weißt du, dass da einer betont unauffällig die ganze Zeit an der Tür stand? Du wirst beobachtet."

„Es würde mich nicht wundern, wenn mich Kommissar Petersen überwachen lässt."

„Der war garantiert nicht von der Polizei." Sie kam zu ihm, hängte sich an seinen Hals. „Brahms, ich muss hier weg. Ich kann nicht mehr."

Er küsste sie. „Ich lasse dich nur ungern gehen."

„Wir sehen uns bald wieder."

„Gut. Es gibt unten im Keller auf dem Weg zu den Toiletten eine verschlossene Abseite, dahinter ist ein alter chinesischer Gang."

„Chinesisch?"

„Dies war mal das Chinesen-Viertel. Die hatten Geheimgänge zu den Häusern auf der anderen Straßenseite. Viele gibt es nicht mehr. Auch dieser ist mal eingestürzt, aber vorher trifft er mit einem zweiten Gang zusammen, und der führt zurück in den Keller des Nachbarhauses."

„Ist das wirklich wahr?"

„Unter der Zoe-Bar in der Clemens-Schultz-Straße ist sogar noch ein Pestkeller. Hamburgs Unterwelt hat noch Geheimnisse." Er gab ihr einen Schlüsselbund, erklärte, welchen Schlüssel sie für welche Kellertür benutzen musste. Sie beobachtete den vorderen Raum durch einen Spalt der Küchentür. Dann sammelte sie ihre Kleidung zusammen. „Los, geh vor", befahl sie Brahms. Sie duckte sich hinter ihm und huschte gebückt in den Keller.

Brahms begann, Gläser zu spülen und beobachtete dabei jeden Gast einzeln. Vor wem hatte Verena Angst gehabt? Es waren nicht mehr viele Besucher da, und keiner, selbst der Mann, der an der Tür lehnte, unterschied sich von den üblichen Gästen. Jetzt betrat ein weiterer jüngerer Mann die Bar, ganz in Schwarz gekleidet, mit wenigen silbernen Nieten an Hose und Jacke, das dunkle Haar hing als Vorhang weit übers Gesicht. Er sah sich um, als suche er jemanden, kam dann direkt auf den Tresen zu und lehnte sich dagegen. „Wo ist Verena?", fragte er. Er roch nach bitterer Mandel, als hätte er gerade einen Likör getrunken, aber der Duft kam eher aus der Brusthöhe. Vielleicht gab es ein solches Parfum.

„Vor einer halben Stunde gegangen", sagte Brahms. Der Fremde hob den Kopf. Unter den Fransen seiner Haare, die bis zum Mund reichten, zeigte sich eine Zahnreihe. Die beiden langen und spitzen Eckzähne waren aus silbernem Metall. Er fauchte.

„Willst du mich reinlegen?"

„Hübsche Zähne", sagte Brahms. „Ein echter Vampir?"

„Sicher."

„Die sind gerade wieder Mode." Brahms war sich jetzt sicher, dass er den Mann schon einmal gesehen hatte. Er war in der Nähe seiner Eltern aus einem Lieferwagen gestiegen. Filmaufnahmen, hatte er gedacht.

„Also, wo ist Verena?" Die bittere Mandel wurde durch Aggression überlagert. Der Vampir wartete keine Antwort ab, sondern war mit einem Sprung am Tresen vorbei, trat die Küchentür auf und verschwand dahinter. Brahms spülte weiter Gläser. Der Mann kam nicht zurück, schließlich folgte Brahms. Doch kaum hatte er die Küche betreten, wurde er gepackt, sein Arm nach hinten gedreht. Ein Messer blitzte auf und wurde gegen seine Kehle gedrückt.

„Und jetzt wirst du mir sagen, wo sie ist!"

Für einen Augenblick glaubte er, beim Sprechen würde ihm durch die Bewegung der Kehle der Hals aufgeschlitzt. Leise sagte er: „Zu Hause. Sie ist wirklich gegangen."

Der Vampir ließ ihn los, stieß ihn von sich. Brahms stolperte, fing sich, bevor er über einen Stapel Bierkästen gefallen wäre. Er hatte das Gefühl, der Mann hatte mit dem Messer zugestoßen, aber er spürte keinen Schmerz von dem Stich. Er griff nach einer leeren Flasche als Waffe, doch als er sich umdrehte, war er allein in dem Raum. Er hob sein Hemd und betrachtete über die Schulter seinen Rücken vor einem Spiegel. Keine Verletzung.

Er ging wieder an den Tresen. Der Vampir saß davor, hob einen Finger und bestellte lächelnd ein Bier. „Und das nächste Mal sagst du gleich die Wahrheit", sagte er. „Und verrat mir den Trick, wie sie verschwunden ist."

Einen Augenblick überlegte Brahms, den Mann rauszuschmeißen, ihm Hausverbot zu erteilen.

„Das nächste Mal rufe ich die Polizei." Brahms stellte ihm ein Bier hin.

Der Vampir beugte sich über sein Handy, wählte eine Nummer. „Sie ist nicht zu Hause", sagte er nach einer Weile.

„Du hast ihre Nummer? Würdest du mir die geben?"
„Sie bedient hier doch!"
„Ich kenne Verena nicht. Sie kam einfach hinter den Tresen und half, als es so voll wurde."
„Ach, aber du hast sie geküsst."
„Zum ersten Mal."
„Und sie hat dir nicht ihre Nummer gegeben?"
„Sie verschwand einfach wieder."
„Dann hat es ihr nicht gefallen." Der Vampir schien überzeugt, dass Brahms die Wahrheit sagte. „Du bist erledigt. Keine Chance mehr. Versuche es gar nicht erst weiter."
„Du kennst Verena schon länger?", fragte Brahms.
„Ich weiß alles über sie."
„Erzähle mal."
„Sie war meine Assistentin."
„Was hast du gemacht?"
„Ich bin Zauberkünstler." Er legte das Messer auf den Tresen. Es war stumpf, aus Gummi. Die Klinge verschwand bei Druck im Griff.
Er zeigte Brahms seine leeren Handflächen, rieb sie, und als er sie wieder öffnete, lagen Münzen darin. Er bezahlte damit das Bier.
Brahms hielt das Geld unter eine Lampe. Es war echt.
„Übrigens", sagte der Vampir und steckte das Messer ein, „falls du mir nicht glaubst und es bei Verena weiter versuchst, kannst du nie sicher sein, ob die Klinge nicht doch plötzlich mal echt ist. Ich freue mich schon darauf, dein Blut zu trinken."

18

Richtung Osten verlor Hamburg schnell an Gestalt. Ausfallstraßen zerschnitten die Viertel wie reißende Ströme. Ursprüngliche Zentren waren in der Verkehrsplanung untergegangen. Keine Mitte mehr. Und jetzt, wo man die City wiederentdeckte, verloren auch die Einkaufszentren an Attraktion. Billigläden machten sich breit. Wer hier wohnte, musste hier wohnen, denn Richtung Osten galt: je weiter von der City weg, umso billiger die Mieten. Die Ausfallstraßen waren mit Imbissen befleckt. Die wenigen Restaurants hätten bereits zu Beginn der *Tagesschau* schließen können.

Brahms fuhr vorbei an den Stadtteilen Hamm und Horn, die – wie jeder Hamburger zu reimen wusste – erschuf Gott im Zorn. Zu Schlafstädten verkommene Viertel, deren Bewohner sich in Fernsehserien zurückzogen wie Kinder früherer Zeiten in Märchenbücher. Das eigene Leben vergessen machen, sich selbst nicht fühlen wollen. Notfalls wird mit Alkohol nachgeholfen.

Auch in Billstedt war das Zentrum einem Einkaufspalast gewichen. Das Drama des Vorortes war die in den Siebziger Jahren errichtete monotone Großsiedlung Mümmelmannsberg. Mit fast zwanzigtausend Bewohnern ein Notstandsgebiet für die sozialen Diens-

te. Die Stadtplanung hatte den Menschen das Recht auf Stadt genommen.
Brahms fuhr in eine Parklücke, lief zu einem Kiosk und kaufte die *Morgenpost* und das *Hamburger Abendblatt*. Beide berichteten ausführlich von dem Einbruch, das Haus mit dem Blick auf die Alster war abgebildet. Die Kommission der Polizei war verstärkt worden. Zeugen wurden gesucht. Eine Luftaufnahme zeigte, durch welchen Einschnitt der Einbrecher in den Hinterhof gekommen war und welchen Weg er genommen hatte. Auf mehreren Fotos war der gestohlene Schmuck abgebildet. Eine Zeitung behauptete, seit dem Tod der Frau hätte die Zahl der Einbrüche abrupt abgenommen.
Brahms fuhr weiter und bog in das der Elbe vorgelagerte Industriegebiet Billbrook ab. Er fand Wilhelm Koschkes Werkstatt und war erstaunt über deren äußerliche Schlichtheit. Keine großen Werbeschilder für besonders preiswerten oder schnellen Service, wie es bei anderen kleineren Werkstätten oft der Fall war. Koschke erwartete ihn, trug wieder seinen grauen Anzug mit zu viel Stoff. Auf den beiden Werkstattplätzen standen Oldtimer aus den Fünfziger Jahren, ein BMW und ein Borgward Isabella. Mechaniker waren nicht zu sehen. Aber von weiter hinten kam das Geräusch einer Schleifmaschine. Es erinnerte Brahms an den anonymen Anruf. Vielleicht war Koschke der Anrufer gewesen und sein Auftraggeber, der mit der Warnung vor dem Auftrag ihn erst recht überzeugen

wollte, ihn anzunehmen. Sie betraten die Werkstatt. An der Seite stand eine gelbe Vespa mit einem Kastenaufsatz, wie Brahms sie als Pizzatransporter kannte. Hier aber ohne rote Schrift.

Wahrscheinlich hatte er dem verunglückten Boten ebenfalls die Reparatur angeboten. Wilhelm Koschke erklärte ihm, dass sie auf historische Fahrzeuge spezialisiert seien und für diese oft Ersatzteile in einer weiter hinten gelegenen Werkstatt selbst anfertigten. Er öffnete eine Seitentür zum Büroraum neben der Werkstatt. Zwei moderne weiße Schreibtische mit Computern, auch hier keine Angestellten. Brahms hatte das Gefühl, als solle er niemanden sehen. Koschke setzte sich, zog eine Schublade auf und legte Fahrzeugpapiere und Schlüssel auf den Tisch. „Ein Volvo V 40“, sagte er. „Sie müssen nichts unterschreiben.“ Er stand auf.

Brahms steckte die Papiere ein.

„Leider geht das Radio nicht. Aber bei den meisten Hamburger Sendern ist das eher eine Erholung. Ansonsten das optimale Fahrzeug für Sie. Damit können Sie Ihre Gitarren und Verstärker leichter transportieren als mit Ihrem Golf. Er hat ein paar Schrammen. Sie müssen also nicht sehr sorgfältig mit ihm umgehen.“

„Woher wissen Sie, dass ich Musiker bin?“

„Das Internet ist sehr auskunftsfreudig. Und wenn ich jemandem einen Wagen leihe, dann …“ Er hob die Hände, ließ sie wieder fallen.

„Und ich sah Sie gestern in der Talstraße auf St. Pauli“, konterte Brahms. „Was für eine Verwandlung!“

„In meiner Freizeit bin ich ein anderer Mensch."
„Ganz aus Leder und Gummi."
Koschke breitete die Hände aus. „Ich mag dieses Material."
Ein sehr alter Mechaniker klopfte an die halb geöffnete Tür und trat gleichzeitig ein.
„Wir brauchen Sie", sagte er.
„Ich komme gleich."
Der Mann ging wieder. Auf Brahms wirkte die Szene wie abgesprochen. Eine Inszenierung, wie bereits der Unfall.
„Wahrscheinlich ist es sinnvoll, Oldtimer als Mechaniker für Oldtimer zu beschäftigen", kommentierte er den alten Mann.
„Für manche Aufgaben braucht man die erfahrenen Leute", sagte Koschke. „Und für andere die jungen und schnellen."
Koschke brachte ihn zu dem roten Volvo, der vor der Werkstatt parkte, und verabschiedete sich.
Brahms fuhr mit dem Wagen zum Öjendorfer Park. Wochentags war der Parkplatz mit Blick auf den See kaum besucht. Er kannte den Park von einem Ausflug mit Noffi. Die großen sich zum See hinabziehenden Wiesen waren ein Treffpunkt für Hundebesitzer. Brahms stieg aus und dachte daran, dass er auf den Bombentrümmern der Innenstadt stand. Nach dem Krieg hatte es eine eigene kleine Trümmerbahn von der City bis hierher gegeben. Ohne die zerstörte Stadt hätte es diese Hügellandschaft nicht gegeben.

Brahms öffnete alle Türen und die Motorhaube des Volvos. Er ging immer wieder um das Auto herum, betrachtete alle Details. Dann fielen ihm die Lage und die Halterung der Batterie auf. Es waren nur ein paar Zentimeter, aber die Designer des Motorraums hätten sie nie so weit herausragen lassen. Er holte die kleine Werkzeugtasche aus der Höhlung des Reserverads. Mit einem Schraubendreher öffnete er die Halterung der Batterie und hob sie an. Darunter kam der Sender zum Vorschein. Anschlüsse gingen Richtung Armaturenbrett. Die Mikrofone waren heutzutage so klein, dass sie überall sein konnten.
Ein funktionierendes Radio hätte hier nur gestört.

19

„Es ist nicht gut, dass du hier bist." Thoralf Wellmann stand an der Staffelei und verlängerte die Ohren eines Mädchens, die das blonde Haar zurückhielten. „Ich erwarte eine Kundin."
„Hanseatische Kaufmannstochter?", fragte Brahms. „Die abstehenden Ohren werden ihr nicht gefallen."
„Das Bild ist kein Auftrag, sondern eine Fantasiegestalt."
Das Mädchen trug ein rosafarbenes T-Shirt mit kurzen Ärmeln, darunter kamen lange schwarze Ärmel hervor. Sie trat aus dem dunklen Hintergrund hervor, lächelte und hatte eine Haltung, als wolle sie gleich ihrer Mutter bei der Hausarbeit helfen.
„Sehr brav."
„Ich will mit ihr für meine Porträtkurse werben."
„Und die Ohren?"
„Sind der Beweis für meine Wahrhaftigkeit."
Brahms dachte an Verena. Der Vampir in der vergangenen Nacht musste ihr Freund gewesen sein. Sie hatte sich ihm angeglichen mit der schwarzen Kleidung und dem schwarzen Haar. Gothic-People. Brahms ging ans Fenster, sah auf die Schanzenstraße hinab, dann betätigte er sein Handy.
Eine automatische Ansage: „Solange die Gesellschaft

Menschen zu Verbrechern erzieht und die Verhinderung solcher verbogenen Charaktere nicht als allgemeine Aufgabe ansieht, sollten Sie Ihr Heim vor Einbrechern schützen. Hier ist der Sicherheitsdienst Hensted." Es folgte die Durchsage der Bürozeiten.

Brahms legte auf. Er stellte sich vor, dass Verena gerade auf einer Leiter stand und ein rotes Blinklicht an einer Hauswand montierte. In seiner Fantasie färbte das Glas Verenas Gesicht rosa und rundherum wuchs ihr weißes Fell. Als Kind hatte er einmal einen solchen Plüschhasen gehabt und über Jahre nicht ohne ihn im Arm einschlafen können. Sicherheitsdienst.

Es klingelte an der Wohnungstür.

„Mach auf, aber nicht erschrecken", sagte der Maler.

Brahms öffnete. Verena stand vor der Tür und zog die Lippen breit.

„Du?" Mehr brachte Brahms nicht heraus. Verena sah zu Boden, korrigierte den Stand ihrer schwarzen Schuhe, so dass sie exakt in der Mitte der Fußmatte stand. Vielleicht ein Trick, um damit davonzufliegen. Dann sah sie wieder auf, aber an ihm vorbei in das Atelier.

„Ich wusste, dass du hier bist." Sie beugte sich weit nach vorn, so dass der Rocksaum ihres schwarzen Kleides sich hinten hob. Brahms begriff, dass er ihr einen Kuss geben sollte. Der Eintrittspreis.

„Sie ist raffiniert. Lass dich nicht einwickeln", sagte Thoralf. Er war hinter ihn getreten. „Ich habe sie hergebeten, weil ich sie malen will."

Verena trat ein, legte eine schwarze Ledermappe an der Wand ab. „Es gab nicht viele Möglichkeiten, wo du hättest sein können. Zu Hause warst du nicht, und ich hab ein Programm, dass mir die Koordinaten deines Handys sendet."
Es war ihr Geruch und die Art, wie sie es sagte und ihn dabei mit einem seitlichen Blick prüfte. Etwas stimmte nicht. Sie ging zu dem Bild auf der Staffelei, an dem Thoralf gerade malte, dann betrachtete sie seine anderen Bilder. Brahms folgte, streckte die Nase vor, versuchte erneut, ihren Duft einzufangen. Sie drehte sich um, umarmte ihn. „Okay. Kommissar Petersen hat mir gesagt, wo du bist. Man sieht es dir übrigens an, wenn du jemandem nicht glaubst."
„Ich bin ein armer von seinen Instinkten gebeutelter Hund."
Sie lachte. „Und Hunde lügen nie."
„Aber woher wusste Petersen, wo ich bin?"
Sie hob die Schultern. „Du sagst doch, dass er dich beobachten lässt."
„Kann ich ein paar Fotos von dir machen?", fragte der Maler.
Verena ließ Brahms los. „Du malst nach Fotos?" Die Erleichterung, das Gespräch mit Brahms unterbrechen zu können, ließ sie einen kleinen Sprung in Richtung des Malers machen.
„Nein, aber es hilft mir. Du brauchst dann nur ein- oder zweimal zu kommen, und nur für kurze Zeit."
„Als ich gestern die Kopie des Bildes von Renate Neu-

ner sah, wusste ich nicht, dass deine Bilder alle so groß sind."

„Etwa 110 Prozent. Überlebensgroß im doppelten Wortsinne."

„Wer ist Renate Neuner?", fragte Brahms.

„So heißt die Freundin der toten Eva Reitmeier." Sie bückte sich zu ihrer Mappe, öffnete den Reißverschluss. „Die auf dem Foto in der Zeitung war. Eine Verwechslung. Die beiden Frauen sehen sich sehr ähnlich. Das Foto stammte von einem Presseempfang des Senats. Der Mann darauf ist allerdings wirklich Carsten Reitmeier. Seltsam ist, ich fand kein gemeinsames Foto mit seiner Frau. Im Internet gab es nur ein Foto von ihr allein. Ich habe auch Renate Neuners Adresse in der Oberstraße. Sie führt am Lehmweg einen Laden für Geschenke."

Sie gab Brahms die Computerausdrucke. „Und hier noch was, das man nicht im Internet findet. Ich weiß, dass du es haben willst. Die Pläne der Alarmanlage, die ich eingebaut habe, und ihre Bedienungsanleitung."

„Ich muss mit dir über Koschke reden. Du kennst ihn doch, nicht wahr?"

„Eines der Gespenster."

„Seine Autowerkstatt ist doch nur eine Tarnung?"

Thoralf Wellmann zielte mit einer kleinen Digitalkamera auf Verena, winkte sie Richtung Fenster. Sie posierte, indem sie die Arme über den Kopf hob, sich durchs Haar fuhr und dabei die Zunge herausstreckte.

„Ich denke", sagte sie, ohne Brahms anzusehen, und nickte in Richtung der mitgebrachten Fotos, „wenn

schon die Presse Frau und Freundin verwechselt, sollte ich Kommissar Petersen auch davon unterrichten. Vielleicht haben die das ja noch nicht bemerkt."
„Warum willst du das machen?"
„Er tut viel für mich, weißt du doch."
„Die Polizei hat bestimmt schon alle im Umfeld der toten Frau befragt."
Sie schüttelte den Kopf. „Warum sollten sie? Ein Einbrecher hat die Frau ermordet."
„Und du meinst, wenn es ein geplanter Mord war und das Opfer die falsche Frau, dann …" Brahms wusste nicht, wie er den Satz zu Ende führen sollte.
„Verena, kannst du nicht mal ganz normal sein?", fragte Thoralf. „Ganz normal gelangweilt herumstehen."
Verena sank in sich zusammen, als hätte sie bis jetzt mit großer Mühe eine Rolle gespielt. Sie sah zu Boden, und ihre Mimik verwandelte sich in die einer Trauernden am offenen Grab.
„Sehr schön", sagte Thoralf und fotografierte sie mehrmals.
Brahms ging zu ihr, fasste sie an den Handgelenken, bis sie ihn ansah.
„Sieh mich nicht so an", sagte sie. „Du weißt, was das auslöst." Sie stellte sich auf die Zehenspitzen und flüsterte ihm ins Ohr. „Ich kann nicht mehr warten."
„Vierundzwanzig Stunden?"
„Zwölf. Und dann muss ich es Petersen sagen."
„Das mit uns?"
„Ja. Alles."

20

Kleine Läden bestimmten das Bild von Hegestraße und Lehmweg in Eppendorf, die ihre Kunden auch aus anderen Stadtteilen anzogen. Antiquitätengeschäfte, Designermoden, Galerien, Goldschmiede. Brahms schritt die Reihe ab. Cafés und Restaurants eroberten nach und nach die Läden.

Ausverkauf wegen Geschäftsaufgabe. Bis auf einige Vitrinen, einen Verkaufstresen und einen Schrank war der Laden bereits leer. Die blonde Frau saß an der Seite des Tresens auf einem Hocker, las in einer Zeitschrift. Daneben stand ein Glas mit roter Flüssigkeit.

„Renate Neuner?“

„Ja. Kommen Sie, um die Möbel zu holen?“

„Nein.“ Am Scheitel ihrer Frisur bemerkte Brahms das Nachwachsen dunklerer Haare. „Mein Name ist Brahms, ich ermittle wegen des Todes Ihrer Freundin Eva Reitmeier.“

„Das ist wirklich traurig.“ Sie stand auf und verströmte einen Zitronenduft. Aber es lag noch etwas in der Luft, das Brahms irritierte. Er ging einmal mit der Nase voran um den Tresen.

„Was haben Sie hier verkauft?“

„Eigentlich ganz normale hochwertige Geschenke aus Glas, Porzellan, und Bilderrahmen bis zu Silberwaren.“

„Warum geben Sie auf?"
„So ein Laden funktioniert nur in einer Laufgegend wie am Eppendorfer Baum. Außerdem ziehe ich zurück nach Frankfurt. Eva und ich, wir kamen von dort."
„Sie hatten eine enge Beziehung?"
Sie nickte stumm. „Ursprünglich schon."
„Zuletzt nicht mehr?"
„Wir versuchten, uns gerade wieder etwas näherzukommen. Ich war ja am Tag des Einbruchs noch bei ihr. Wie früher haben wir die gleichen Kleider angezogen, uns gemeinsam geschminkt und frisiert. Unser Zwillingsspiel. Ich musste aber dann hier in den Laden. Ich war mit jemandem verabredet, der mir meine Glasschränke abkaufen wollte. Aber ich habe das doch alles schon zu Protokoll gegeben."
„Genau. Ein paar Details noch." Brahms umrundete erneut den Verkaufstresen und lehnte sich an eine der Vitrinen. Hier war der Geruch stärker. Ein Duft, der nicht hierher gehörte. „Woher rührte das Zerwürfnis?"
„Nein, es war nur ... unsere Beziehung war nicht immer gleich. Mal enger, mal nicht. Wissen Sie, wir waren beste Freundinnen schon seit unserer Schulzeit. Und wir sahen uns ähnlich. Wenn wir uns zurechtmachten, die gleichen Kleider und Frisur trugen, hielt man uns für Zwillinge."
„Und dieses Spiel haben Sie oft getrieben?"
„Es machte Spaß. Einmal waren wir in Ägypten in Urlaub, da haben wir unsere Pässe getauscht. Bei der Einreise hat es niemand gemerkt."

„Sie sind allein mit Eva geflogen?“
„Nein, Eva, Carsten und ich, wir hatten uns gemeinsam zu einem Tauchkurs angemeldet.“
„Zu dritt? Das ging gut?“
„Wir sind alle drei schon seit Langem befreundet. In Frankfurt lebten wir in einer Wohngemeinschaft. Und eine Zeit lang führten wir eine Beziehung zu dritt.“
„Zu dritt?“
Sie lächelte, legte den Kopf schräg. „Ja, genau das, was Sie denken.“
„Und warum kamen Sie nach Hamburg?“
„Carsten bekam ein Angebot, als Partner in eine Werbeagentur einzusteigen. Und ich hatte damals einen Mann kennengelernt, der aus Hamburg kam. Tja, so sind wir drei hierhergezogen. Wer hat geahnt, dass es so endet.“ Sie setzte sich wieder, stützte den Kopf in die Hände, so dass ihre Locken nach vorn fielen und das Gesicht verbargen.
„Der Mann …“
„… war ein Irrtum.“ Eine Handbewegung kam unter den Locken hervor, wedelte, als ob schlechte Luft im Raum wäre.
„Als Sie die Wohnung am Tag der Tat verließen, da lebte Ihre Freundin noch?“
„Hab ich doch schon gesagt.“
„Dann erzählen Sie es noch einmal.“
„Eva wurde doch erst drei Stunden später getötet, das hat mir der Kommissar gesagt.“
„Aber Sie hätten zurückkehren können.“

„Bin ich nicht. Der Herr, mit dem ich zusammen war … Sie sind gar nicht von der Polizei, nicht wahr?"
Brahms stieß sich von der Vitrine ab, trat an den Verkaufstresen. Jetzt war der Geruch ganz deutlich. Er kam aus ihrem Glas.
„Was trinken Sie da?"
Sie hob das Gesicht. Die Augen schwammen ein wenig, aber sie lächelte. „Ja."
„Das ist Blut, nicht wahr?", fragte Brahms.
„Riechen Sie das? Ich trinke es warm."
Brahms hielt seine Finger gegen das Glas und neigte sich darüber.
„Ich esse sehr wenig", erklärte sie, „dann ist es gut, Blut zu trinken. Ein neuer Freund hat mich darauf gebracht."
„Ein Freund?"
„Ja."
„Was für Blut ist das?"
„Es gibt einen Schlachter, der hat es immer frisch. Es ist von einem Lamm."
„Seltsam."
„Finden Sie? Ich mag es. Andere essen rohes Fleisch, Carpaccio, Hack, Tartar. Demnächst wollen wir uns von einem befreundeten Arzt Blut abnehmen lassen und es trinken."
„Wirklich? Gegenseitig?"
„Warum nicht? Es ist der Gedanke, das eigene Blut zu trinken. Verstehen Sie … ein Kreislauf …"
„Normal ist das nicht."

Sie lachte. „Es macht Spaß."

Brahms betrachtete ihr Gesicht, an der Schläfe war unter der Haut eine blaue Ader zu sehen. Jemand, der sein eigenes Blut trank, erinnerte ihn an ein Bild eines Malers. Ein Mann, der sich, beginnend mit dem Fuß, selbst aufaß. Der Maler hatte es im Zustand der Trennung von seiner Frau gemalt.

„Hatten Sie mal eine Phase, in der Sie sich selbst verletzten?"

Sie presste die Lippen zusammen und schob sie vor. „Gehört das zu Ihren Ermittlungen?"

Sie erhob sich, stützte die Arme in die Hüften. „Ich finde, Sie sollten mir jetzt sagen, wer Sie sind."

„Ich bin privater Ermittler. Ludwig Lutz Brahms."

„Warum und in wessen Auftrag ermitteln Sie?" Ein Ausrufezeichen als steile Falte über der Nase.

„Es gibt jemanden, der glaubt, dass die Polizei allein den Fall nicht klären kann."

„Verdammt, was heißt das?" Sie strich sich das Haar hinter die Ohren zurück. Sie standen ab, als müsse sie genauer hören.

„Na ja." Brahms hob beide Hände. „Dass es vielleicht alles nicht so ablief, wie es aussieht."

„Nicht so war, wie es aussieht ... Kein Einbruch? Wollen Sie damit sagen, jemand hat Eva bewusst ermordet?"

„Oder er wollte Sie ermorden."

„Mich?" Ihr Mund blieb offen.

„Beruhigen Sie sich und trinken Sie das Blut."

21

Brahms marschierte zum U-Bahnhof Eppendorfer Baum, und nach wenigen Metern und Blicken in die spiegelnden Schaufenster wusste er, dass er einen Begleiter hatte. Ein älterer Mann in einer beigefarbenen Jacke, dunkelblauer Hose und mit einer Aktentasche unter dem Arm. Typ Vertreter für Versicherungen. Sicher einer von Petersens Aufpassern. Koschke als sein wahrscheinlicher Auftraggeber würde ihn doch nach der Abhöranlage im Auto nicht weiter überwachen. Pizzaboten wären in einer U-Bahn auch viel zu auffällig.

Auf dem Bahnsteig grinste er seinen Verfolger an und grüßte ihn, bekam aber keine Reaktion.

Kurz vor der Station Schlump, bevor die Bahn in den Tunnel fahren würde, rief er Petersen an, um herauszufinden, ob er ihn wirklich überwachen ließ, aber es meldete sich nur die Mailbox. Nach den Landungsbrücken kam die U-Bahn wieder für zwei Stationen ans Tageslicht, und Brahms genoss den Blick in den Hafen. Als er am Rathaus ausstieg, hatte er nur noch zehn Minuten, um an den Treffpunkt mit Verena zu gelangen. Zu knapp. Er zahlte zwei Euro für die Turmbesteigung der Petri-Kirche und trug sich in die Liste der Besucher ein. Wenn man zurückkam, musste man sich

wieder austragen. Gingen da oben Menschen verloren? Am Anfang schlug er auf der engen Wendeltreppe ein zu hohes Tempo ein und begann, schon nach hundert Stufen nach Luft zu schnappen und zu schwanken. Am Ende der Treppe öffnete sich ein quadratischer Raum, das sogenannte Museum. Er hielt sich an der Mauer fest und fühlte sich wie die gegenüberliegende zerbeulte Kugel der Kirchturmspitze. Während der großen Hamburger Sturmflut war sie herabgefallen.
Was für eine verrückte Idee von Verena, ihn auf die Turmspitze der St. Petri-Kirche zu bestellen. Einer ihrer Lieblingsplätze, hatte sie behauptet. Weiter bis zum nächsten Zwischenboden. Dann kamen die großen Glocken. Sie hingen in eisernen Konstruktionen mit dicken Nieten, einem historischen Dampfschiff ähnlich. Das Rauschen, das durch die Schallfenster kam, hätte das des Meeres sein können. Der Geruch aber war der eines Heuschobers. Der Geruch von Holz oder eines Holzschutzmittels.
Auf dem nächsten Zwischenboden schlug die Stundenglocke, er hatte erst die Hälfte geschafft. Weiter vorbei an dem Boden mit den Uhren. Dann begann die Kupfereindeckung. Die ersten Bullaugen. Weiter. Wieder eine Wendeltreppe in die Turmspitze hinein. Als er endlich den höchsten Aussichtspunkt erreicht hatte, empfing ihn Verena mit offenen Armen. Sie waren allein. Er hängte sich an sie, um nicht umzufallen, und bekam vor Atemlosigkeit kein Wort heraus. Sie kicherte, hatte wohl genau diesen Zustand erwartet.

„Wie viele Stufen waren es?“, fragte sie.
Er holte mehrmals tief Luft, aber sein Brustkorb beruhigte sich nicht. Blutgeschmack im Rachen. „Fünfhundert-vier-und-vierzig“, sagte er verteilt auf fünf Worte.
Sie strich ihm das Haar aus dem Gesicht, küsste ihn vorsichtig.
„Ich habe gemogelt“, sagte er. „Ich habe vorher im Internet nachgeguckt, wie viele es sind.“
„Die Frage ist, zählt die letzte Stufe, oder ist sie bereits Plattform?“
Sie führte ihn zu einem der Bullaugen, durch die man das Stadtpanorama betrachten konnte. Brahms war vor über zehn Jahren einmal hier oben gewesen. Für einen Augenblick kam es ihm vor, als lägen die acht Bullaugen unter der Wasserlinie eines Schiffes. Der Blick auf eine versunkene Stadt. War das Herabstürzen der Spitze nicht ein Fingerzeig gewesen, nicht weiter historische Substanz der Stadt abzureißen, wie das Gängeviertel, das damals zugunsten des Büroturms einer einzigen Firma zerstört worden war? Was wäre das heute für eine Attraktion für die Stadt! Einzelne Gebäude gab es noch, um ihren Erhalt wurde gerade wieder gekämpft.
„Wenn ich Zeit habe, laufe ich einmal die Woche hier hoch“, sagte Verena.
„Wirklich?“
„Ich bin Treppenläuferin. Nächstes Jahr mache ich das Empire State Building in New York.“

„Du machst das als Sport?“
Sie nickte. „Hobby.“
Brahms ging von Fenster zu Fenster.
„Weißt du“, sagte Verena, „hier oben ist ein schönerer Ausblick als vom Michel. Und diese Kirche gefällt mir besser. Der Michel ist zu elegant, zu sehr Wahrzeichen. Mit ihren roten Ziegeln passt die Petri-Kirche auch besser zu dieser Stadt. Guck dir dagegen den Stil des Rathauses an. Ein verhindertes Schloss. Die Kirche hat etwas Trotziges, den Hamburger Kaufleuten angemessener. Sie suchten immer ihren eigenen Willen gegen Gottes Willen zu setzen. Seefahrer.“
Brahms nickte. „Es gibt Fotos mit Weitwinkel aufgenommen, darauf wirkt die Kirche wie ein Tier, eine Bulldogge, die sich auf Vorderpfoten aufrichtet, und der Turm ist nur eine spitze Tüte auf dem Kopf.“
„Dir fällt natürlich nur ein Hundevergleich ein.“
„Auf jeden Fall eine Kirche ohne Gemeinde. Das Drama der City. Wie viele Leute wohnen hier noch? Ein paar Hundert? Und die nächste große Kirche ist schon in wenigen Minuten zu Fuß zu erreichen.“
Brahms betrachtete das Panorama von der Ruine der Nikolai-Kirche über Michel und Rathausmarkt bis zum Fernsehturm. Im harten Sonnenlicht eine Bauklötzchenlandschaft. Zur anderen Seite konnte er dem Verlauf der Elbe folgen, wie sie sich aus der Industriearchitektur befreite, wieder mehr ursprünglicher Fluss wurde.
„Aber das Beste ist, wenn du den Kopf aus dem Bull-

auge steckst und den Turm hinab direkt auf die Mönckebergstraße guckst", meinte Verena.
Brahms betrachtete die Kette mit dem Vorhängeschloss an dem Fenster.
Verena zückte einen Schlüssel. „Ich hab nicht umsonst einen Sicherheitsservice."
„Hier ist doch eine Videokamera", sagte Brahms. „Sehen die nicht, was du hier machst?"
„Da guckt keiner hin." Sie lauschte, ob noch ein Besucher kam, dann öffnete sie das Bullauge. Brahms steckte seinen Kopf hindurch, kam sofort wieder zurück. „Puh, an diese Höhe muss man sich erst gewöhnen." Er klopfte gegen das Wellblech des Daches. „Und nur dünnes Kupfer zwischen mir und dem Abgrund." Er steckte erneut den Kopf nach draußen.
Verena legte eine Hand auf seine Schulter. „Ist es nicht toll, diese Perspektive auf die Menschen direkt auf dem Fußweg vor der Kirche."
Brahms kam zurück. „Ein ziemlich exklusiver Blick. Dazu braucht man einen Menschen wie dich, der Fenster und Augen öffnen kann."
Verena schloss wieder ab.
„Und nun", sagte Brahms, „will ich wissen, warum du mich hierhergelockt hast."
„Weil uns hier keiner belauschen kann."
„Was gibt es für ein Geheimnis?"
„Der Kommissar hat mir eine Beziehung zu dir verboten."
„Petersen? Ist das wahr?"

22

Brahms hatte sich schwarzweiß karierte Boxershorts übergezogen und öffnete die Tür nur einen schmalen Spalt. Kommissar Petersen stand davor.
„Ich kann gerade nicht“, sagte Brahms und öffnete die Tür ein wenig weiter. „Sieht man doch!“
Petersen legte den Kopf schräg und versuchte, in die Wohnung zu sehen. „Sie wollten mich doch sprechen.“
„Ja. Ich dachte, Sie rufen zurück.“
„Und ich dachte, ich komme lieber gleich vorbei.“
„Und was wollen Sie?“
Petersens Kopf ruckte nach vorn, schaukelte, erinnerte Brahms für einen Moment an einen reifen Apfel, der gleich vom Baum fallen würde. „Ich wollte gar nichts. Sie wollten was von mir.“
„Ja, richtig. Aber mir wäre es lieber, wir hätten das per Telefon besprochen.“
„Okay.“ Petersen zog sein Mobiltelefon heraus und wählte. Gleich darauf begann Brahms’ Handy in der Küche zu klingeln. „Nun gehen Sie schon ran“, sagte der Kommissar.
Brahms knurrte, er schloss die Wohnungstür, ging zu seinem Handy und nahm das Gespräch an. „Hier ist Kommissar Petersen“, hörte er. „Also, was wollen Sie?“

„Was ich wissen wollte", bellte Brahms, „ist, ob ich diesen Carsten Reitmeier befragen kann. Haben Sie was dagegen?"
„Nein. Was wollen Sie denn von ihm wissen?"
Brahms hörte die Stimme Petersens doppelt, durchs Handy und durch die Tür zum Treppenhaus. „Ich will wissen, was für ein Verhältnis er zu seiner Frau hatte."
Brahms ging zur Tür, öffnete sie. „Kommen Sie schon rein." Er winkte den Kommissar ins Wohnzimmer. „Ich ziehe mir eben was an."
Im Schlafzimmer saß Verena und hatte die Bettdecke um sich geschlungen. Ein weißer Berg, aus dem ihr Kopf guckte. Eine Schneelandschaft. Sie zitterte leicht.
„Ich kann ihn nicht wegschicken", flüsterte er. „Petersen ist ein Freund unserer Familie."
„Und was bin ich?", fragte Verena.
„Süß."
Brahms zog seine Jeans und ein T-Shirt an.
Der Kommissar saß auf der Polsterlandschaft, stützte sich nach hinten mit den Armen ab. „Wie haben wir das früher bloß ausgehalten? Dieses Design aus den Sechziger Jahren ist doch unbequem. Man kann sich nicht richtig anlehnen."
„Sie müssen ganz raufkrabbeln."
„Und wie ein Hund eingerollt liegen?"
Brahms nickte. Der Kommissar stand auf, nahm Brahms' Akustikgitarre aus dem Ständer, ging zurück und spielte drei Akkorde.
„Sie können ja spielen."

„Ich war bei den Pfadfindern. Die Klampfe und das Lagerfeuer gehörten zusammen. Aber diese ist verstimmt. Wie die Beziehung von Carsten Reitmeier und seiner Frau. Er gibt zu, eine Geliebte zu haben, bei der er im Augenblick wohnt. Aber er hat auch ein Alibi für die Tatzeit: eine Besprechung mit Kunden in der Werbeagentur." Er spielte einen Akkord. Eine Saite riss, stach ihm in die Hand. Er reichte Brahms die Gitarre. „Tut mir leid. Kein Gefühl mehr für ein solches Instrument."

Er lutschte an dem Stich, den die Stahlsaite auf dem Handrücken hinterlassen hatte. „Und was haben Sie rausgefunden, Brahms?"

„Nichts."

„So so, nichts. Was ist mit dem Nichts in Ihrem Bett?"

„Das geht Sie nichts an."

„Schon wieder nichts. Brauchen Sie nicht meine Hilfe, Brahms? Ich könnte Ihnen zum Beispiel etwas über Wilhelm Koschke erzählen."

„Sie wissen von ihm?"

„Brahms, meinen Sie, ich lasse Sie einfach so in der Gegend herumlaufen? Wenn unser Mörder Sie beauftragt, seine Unschuld zu beweisen."

„Gut, was ist mit Koschke?"

„Nichts."

„Nichts?"

„Einer seiner Mechaniker ist gestern Nacht mit seinem Motorrad tödlich verunglückt."

„Simon-von-Utrecht-Straße?"

„Stimmt. Er wurde überfahren. Ein roter Wagen. Fahrerflucht. Der Mann hatte bei Koschke schon gekündigt."
„Vielleicht ein Grund, ihn zu töten, weil er zu viel wusste", unterbrach Brahms. Verena hatte ihm erzählt, dass Koschke damit geprahlt hatte, er sei mal der König der Einbrecher gewesen. Aber das war, bevor er seine Werkstatt eröffnete.
„Möglich." Der Kommissar zog die Schultern hoch. „Wir haben nichts über Koschke, nichts wirklich Verwertbares. Es gibt ein paar Anschuldigungen von Kriminellen. Hehlerei. Nichts Beweisbares. Früher hat er mal ein paar Autos verschoben. Bei Oldtimern den Tacho manipuliert. Bußgeldverfahren. Und eine Strafe wegen unerlaubten Waffenbesitzes und eine wegen Betrugs." Der Kommissar hob die Arme bei jedem Satz wie zu einem Flugversuch. „Im Augenblick gilt der Mann mit seiner Werkstatt als seriös."
„Und seine Angestellten ..."
„Haben hübsche Vorstrafenregister. Einbruch, Schlägerei, Totschlag und so weiter." Petersen lachte. „Koschke ist mit seiner Werkstatt in manchen Fällen fast ein Bewährungshelfer, indem er sie anstellt, wenn sie aus dem Gefängnis kommen."
„Und seine eigenartige Vorliebe für ..."
„Ja, ja, ich weiß. Er ist Mitglied in einem Sadomaso-Club." Petersen stand auf. „Ist nicht strafbar." Er ging in den Flur, drehte sich zum Schlafzimmer, streckte die Hand nach der Klinke aus. „Hier ging es raus, nicht wahr?"

„Nein, nein, andere Seite."
„Oh." Petersen drehte sich. „Wie wäre es um halb zwei im Artisan zum Mittagstisch? Das ist gegenüber der Schlachterbörse."
„Kann ich mir das leisten?"
„Der Mittagstisch ist preiswert, für die Qualität geradezu ein Schnäppchen. Und ich lade Sie ein." Er betrat das Treppenhaus und neigte sich noch einmal zurück. Leise sagte er: „Ich kann Ihnen dann auch etwas über den Grafen erzählen."
„Wer ist das?"
„Sie sind ihm schon begegnet." Petersen sprang die Treppe zur Haustür hinab. Brahms stand einen Augenblick in der offenen Tür. Er dachte an die Beulen und Kratzer an dem roten Volvo von Koschke. Sie passten. Möglicherweise war damit ein Motorradfahrer angefahren worden. Und jetzt hinterließ Brahms seine Spuren in dem Wagen.
Er ging ins Schlafzimmer zurück. Verena hatte sich vollständig angezogen. „Du willst gehen?" Er umarmte und küsste sie.
„Petersen macht mich nervös. Meinst du, er weiß, dass ich hier bin?"
„Wir haben gestern seine Bewacher abgeschüttelt."
„Petersen erzählte mir, sie haben nichts über Koschke. Wie war das mit seinen Einbrüchen?"
„Damals hatte er einen Trick als Pizzabote. Er klingelte mit der Pizza, und wenn keiner aufmachte, ging er rein. Im Pizzakarton war alles Werkzeug, das er

brauchte. Seine Leute arbeiten, glaube ich, immer noch so."

„Die Pizzaboten, klar. Die verfolgen mich noch im Traum."

„Ich muss in mein Büro", sagte Verena. „Die Planung der Sicherheitseinrichtungen für das Haus deiner Eltern muss fertig werden."

„Und was ist mit meinem Herzen? Eine Frau hat alle Sicherheitseinrichtungen überwunden und ist eingebrochen."

„Darum kümmere ich mich heute Abend."

Sie küsste ihn.

„Wie wäre es, wenn wir einfach im Bett blieben, für eine bessere Welt. Weißt du, wie damals John Lennon und Yoko Ono. Wir bleiben so lange im Bett, bis alle Verbrecher aufgeben, bis es keinen Betrug, keinen Raub, keinen Mord mehr gibt und alle Petersens der Welt überflüssig sind."

„Das Schlimmste ist", sagte Verena, „dass ich dir immer noch was gestehen muss."

„Du hast einen Freund?"

Sie schüttelte den Kopf. „Frag nicht."

23

Mit dem Öffnen der Haustür strömte das Gefühl auf ihn ein, in einer Welt zu leben, die ihn überforderte, deren Strukturen er nicht kannte, in der jedes Wesen eine Bedrohung war. Gegenwind mit dem Geruch des Unbekannten, des Gefährlichen.

Er hätte im Bett bleiben sollen. Mit Verena. Für immer. Alles, was man zum Überleben benötigte, konnte bestellt und geliefert werden. Für einen Moment erschien es ihm vorstellbar, in das Familienunternehmen einzutreten. Alle Wege in der Öffentlichkeit mit Chauffeur hinter abgedunkelten Scheiben. Das Böse blieb draußen. Nein, es kam natürlich zu Besuch, würde ihm im Konferenzraum gegenübersitzen. Raubtiere, die in ihrer Gier nach immer größerer Beute andere vernichteten. Geschäftsleben und Firmentod. Wer handelte noch nach der Devise, dass ein gutes Geschäft nur gut ist, wenn alle Beteiligten dieser Beurteilung zustimmen können.

Brahms sah sich nach seinem Bewacher um, der alte Mann und die beiden Frauen kamen nicht in Frage. Die parkenden Autos leer, bis auf einen Krankentransporter. Hatte Petersen den Mann abgezogen? Wahrscheinlich saß er hinter den Scheiben des Café Dante.

An der nächsten Kreuzung raste plötzlich ein abbiegen-

der Lieferwagen auf Brahms zu, und er rettete sich mit einem Sprung zurück auf den Fußweg. Der Fahrer hatte in eine andere Richtung gesehen und nicht bemerkt, dass Brahms die Straße überqueren wollte.
„Ich hatte Grün“, drohte er ihm mit der Faust.
Er marschierte weiter, aber der Asphalt war nur eine dünne Schicht über dem Morast, die Fußwegplatten schwammen auf einem Meer voller Ungeheuer. Ein falscher Schritt, und er würde versinken. Menschen mit feindlichen Mienen kreuzten seinen Weg oder waren auf Kollisionskurs. Vielleicht sollte er ein Taxi nehmen, wenigstens ein dünnes Stück Blech zwischen sich und dem Teufel.
In der U-Bahn fielen ihm die zahlreicher gewordenen Überfälle Jugendlicher wieder ein. Aber in seinem Waggon herrschte Frieden, als wäre es eine Vereinbarung, die alle gerade unterschrieben und anschließend Friedenspfeife geraucht hatten. Einer der Fahrgäste strömte den Duft von Pfeifentabak hinter einer Zeitung aus. Auf der Titelseite war ein Artikel überschrieben mit: „Einbruchswelle ebbt ab“.
Brahms stieg an der Sternschanze aus, ging durch den Tunnel zur Lagerstraße. Als er wieder ans Tageslicht kam, traf ihn das Gefühl von Feindseligkeit. In einem Auto saß ein Mann und blickte ihn durch schmale Augen an. Brahms atmete schwer, als wäre die Luft angedickt, und stemmte sich dagegen.
Er war früh dran, Petersen würde noch nicht im Artisan sein. Er ging langsam mit dem breiten Schritt eines

Seemannes in die Sternstraße hinein und sah Gespenster. Ein Lieferwagen bog rückwärts in jenen Teil der Kampstraße ein, der am Ende durch einen Zaun zum Schlachthofgelände abgesperrt war. Unmöglich derselbe Lieferwagen, der ihn fast überfahren hätte. Der Fahrer stieg aus, ging nach hinten, um die Ladetür zu öffnen. Weiter vorn parkte ein Krankenwagen ein. Hatte er den nicht auch schon einmal gesehen? Brahms ging bis zur Kreuzung, überquerte sie und wartete gegenüber von Erikas Eck auf ein ziviles Einsatzfahrzeug der Polizei, aus dem gleich Petersen steigen würde. Erikas Eck war auch eines der Restaurants, auf deren riesige Portionen Petersen manchmal Appetit bekam.

Von der Lagerstraße bog jetzt ein schwarzer Pkw ein, nahm langsam Fahrt auf und gab plötzlich Vollgas. Kurz bevor es geschah, für Sekundenbruchteile, sah Brahms alles voraus und versuchte, sich in Sicherheit zu bringen. Zu spät.

Der Lieferwagen fuhr mit einem Satz auf die Kreuzung, der schwarze Pkw musste ausweichen. Seine Bremsen blockierten, die Reifen schrien und der Wagen schlitterte auf Brahms zu. Er versuchte, sich auf der Motorhaube abzustützen, doch sie drückte ihn nach hinten. Brahms stolperte zu Boden, langsam schob sich das Auto über ihn. Der Motor fraß seine Beine bis zum Knie, dann stoppte er.

Jemand beugte sich herab. „Ist Ihnen was passiert?"

Brahms richtete den Oberkörper auf, ein Mann stützte ihn. Er betastete seinen Hinterkopf und zog die Bei-

ne unter dem Wagen hervor. Er hatte keine Verletzungen. Dann sah Brahms in der Hand des Mannes eine kleine Spritze auf dem Weg zu seinem Oberarm. Bevor sie zustechen konnte, krallte sich eine andere Hand um das Handgelenk des Mannes.
„Halt!“ Petersens Stimme.
Der Mann mit der Spritze versuchte jetzt, Petersen zu stechen, der wich zurück. Das genügte dem Fremden, sich zu befreien. Er lief davon.
„Lassen Sie ihn nicht laufen“, sagte Brahms. Er kam hoch. Der Lieferwagen fuhr davon. Die Besatzung des Krankenwagens schob die Trage zurück.
„Beruhigen Sie sich“, sagte der Kommissar, „aber ich laufe niemandem mehr nach. Und selten hat die Bande so viele Spuren hinterlassen wie bei diesem Versuch, Sie aus dem Verkehr zu ziehen.“
Brahms dachte, dass die Hündin Noffi jetzt die passende Helferin gewesen wäre. Der Mann mit der Spritze wäre nicht weit gekommen.
Sie sahen dem Krankenwagen nach, der langsam davonfuhr. Petersen hob sein Mobiltelefon, wählte eine Nummer.
„Die gehören auch dazu“, sagte Brahms.
Der Fahrer des schwarzen Wagens, der Brahms fast überfahren hatte, kam zu ihnen. Petersen verlangte von ihm die Papiere. Er gab Namen und Autonummern am Telefon weiter. Dann sagte er zu dem Unfallfahrer: „Sie konnten ja nicht anders.“ Er winkte ihn davon.
„Sie lassen ihn laufen!“

Petersen grinste breit. „Ihnen ist doch nichts geschehen."
„Man wollte mich umbringen!"
„Das glaube ich nicht."
„Was dann?" Brahms klopfte seine Kleidung ab. Er wunderte sich, wie ruhig er geblieben war.
„Vielleicht ein Versuch, Sie einzuschüchtern. Kommen Sie, ich habe Hunger. Das Essen geht vor."

24

„Ich könnte aber doch tot sein?“, fragte Brahms.
„Kommen Sie, das glauben Sie selbst nicht.“
Brahms wusste, dass der Kommissar recht hatte.
„Ihnen sollte nichts geschehen. Es war nur eine Inszenierung, eine Demonstration der Macht derjenigen, mit denen sie sich eingelassen haben.“
„Aber die wollten mich mit dem Krankenwagen abtransportieren, nicht wahr? Und im Grunde haben die auf eine Gelegenheit gewartet, das schon vor meiner Wohnung zu machen.“
„Die Frage ist, ob die wussten“, ergänzte der Kommissar, „dass wir uns hier treffen wollten.“
„Die, die, die. Wer sind die?“
„Es könnte ein typischer Trick des Grafen sein.“
„Wer ist das?
„Ein Expartner von Verena Henstedt, Zauberkünstler. Sie war eine Zeit lang seine Assistentin. Er ist ein Wanderer zwischen den Welten.“
„Ich kenne ihn. Er war in Hannas Bar, sah aus wie ein Vampir.“
„Er selbst würde sich wahrscheinlich als Agent bezeichnen. Agenten braucht es in jeder Branche, auch in der kriminellen Szene. Ein Vermittler. Er verkauft Tipps, vermittelt gestohlene Ware und die richtigen

Leute für jede Gelegenheit." Sie standen vor dem Eingang des Artisan.

„Vielleicht", fuhr Petersen fort, „ist alles, was mit Ihnen geschehen ist, von der Warnung vor dem Auftrag bis zu diesen scheinbaren Mordversuchen, nichts anders als ein Spektakel, das Sie überzeugen soll, sich der Sache wirklich zu widmen."

„Ach, und wie? Keine Tatortbesichtigung. Keine Daten über den Einbruch. Wie soll denn das gehen?"

Petersen ging vom Eingang des Artisan nach rechts, blickte durch die Fensterscheibe hinein. „Schnell, am großen Tisch ist noch Platz!"

„Dieser wandelnde Vampir, dieser Graf, warnte mich übrigens in der Bar. Er war wegen Verena eifersüchtig. Ist der Mann gefährlich?"

„Ein Krimineller, der sich für unsterblich hält. Er trinkt Blut. Schweineblut. Das sagt doch alles."

Petersen betrat das Restaurant, stellte sich vor einen Tresen, beladen mit Gemüse, Vorspeisen und Nachtisch. Der junge Mann dahinter begrüßte ihn mit Namen. Der Kommissar betrachtete die Tafel mit den aktuellen Mittagsgerichten, dann stach er mit dem Zeigefinger auf Brahms' Brust. „Sie nehmen die Bratwürstchen!", befahl er. „Die werden jeden Morgen frisch gemacht. Ach, ich nehme sie auch. Und eines sage ich Ihnen, wenn Sie reden, während ich in eines der Würstchen beiße, höre ich Ihnen nicht zu. Dieser Geschmack braucht die volle Konzentration."

Sie bestellten Wasser und nahmen an dem großen

Holztisch Platz, der den gesamten kleinen Nebenraum ausfüllte. Am anderen Ende des Tisches saßen drei Männer aus einem der umliegenden Büros.
Petersen griff sich eine Brotscheibe und schob Brahms den Korb hin. „Selbstgebacken, extrem lecker."
„Wenn dieser Anschlag von meinem Auftraggeber ausging", sagte Brahms und beugte sich zu Petersen, um leiser sprechen zu können, „dann ist es eine Einbrecherbande mit intelligenten, technisch ausgebildeten Mitgliedern, die außerordentlich gut organisiert ist."
Dann erinnerte er sich an das Gespräch mit dem bärtigen Philosophen im Elbe-Einkaufszentrum. „Die haben Spezialisten für alles, vom Ingenieur und Mathematiker über den Computertechniker bis zum Philosophieprofessor. Rekrutiert aus dem Heer der Arbeitslosen. Die rächen sich an der Gesellschaft."
Brahms verstand plötzlich das Symbol der von innen nach außen eingeschlagenen Scheibe. „Ihr Zeichen beim Einbruch ist ein Symbol des Ausbruchs. Sie brechen ein, um auszubrechen!"
Petersens Falten auf der Stirn hoben sich.
„Wer einen Einbruch signiert", fuhr Brahms fort, „muss sich verdammt sicher fühlen. Und wenn er dabei einen Mord begeht, wird er den Tatort nicht auch noch signieren."
„So weit waren wir schon am Anfang."
Die Würstchen wurden auf ovalen Tellern mit gebackenen Kartoffelspalten und Senf serviert.

„Jetzt Ruhe", befahl der Kommissar. Er schluckte Speichel. Bewusst schmatzend biss er dann in die Wurst. Sein Gesicht nahm den Ausdruck einer Buddha-Figur an. Auch Brahms war von dem Geschmack überrascht. Pfeffer und Minze, wobei der frische Pfeffer den Geschmack der Minze noch erhöhte, ohne das zarte Rindfleisch vergessen zu lassen.

„Toll", sagte Brahms.

„Psst."

Kaum hatten sie zu Ende gegessen, sah der Koch in den Raum herein, begrüßte Petersen. „Torsten Gillert", stellte ihn der Kommissar vor. Mit dem Hinweis, er habe viel zu tun, verschwand der Koch gleich wieder.

„Sie sollten mal abends sein achtgängiges Menü probieren. Auf der Karte stehen nur die jeweiligen Zutaten des Menüs. Und wenn ein Gang serviert wird, erzählt Thorsten Gillert, was er daraus gemacht hat. Es ist mit das Beste, was Sie in dieser Stadt essen können."

Petersen wischte sich mit einer Serviette den Mund. „Wie wäre es mit einer zweiten Portion? Wir könnten die Kartoffeln weglassen?"

Brahms hatte plötzlich das Gefühl, Petersen wolle ihn mit der Esserei nur von anderen Fragen ablenken. „Ich frage mich, ob es nicht zwei große und clevere Einbrecherbanden gibt."

„Große Banden? Clever? Ja und nein. Einbrecher arbeiten oft nur zu zweit, viele allein. Die planen nicht lange, sondern sehen eine Chance und setzen die Brechstange an. Wenn Sie die Tatorte sehen, dann war da oft keineswegs Cleverness am Werk, sondern rohe Gewalt. Das ist der Alltag der Einbrüche. Fragen Sie die Polizisten, die das vor Ort aufnehmen."

„Sie selbst sagten, die Situation hätte sich verändert."

„Wir haben indirekt Kontakte zur Szene, da wird von einer neuen Gruppe gemunkelt. Aber Einbrecher sind Einbrecher."

Brahms rieb sich das Gesicht, fuhr mit den Händen über den starken Bartwuchs. Das Kinn wie Sandpapier.

„Na los", befahl Petersen. „Sagen Sie, was Sie denken."

„Eine Lösung für meinen Auftrag gibt es nur, wenn es zwei Gruppen gibt, die miteinander konkurrieren. Und ein Mitglied hat mal gewechselt von einer Bande zur anderen."

„Wer sagt das?"

„Der Hund in mir."

25

„Früher hat es in dieser Straße nach Blut gerochen", sagte der Kommissar.
Sie marschierten die Sternstraße entlang, Petersen mit gesenktem Kopf, als gelte es, demnächst mit einem ausgerissenen Bullen einen Kampf aufzunehmen. Aber der Schlachthof hatte sich längst aufs Land nach Schleswig-Holstein zurückgezogen.
Brahms tänzelte, witterte, als stünde ein neuer fingierter Unfall bevor.
„Es muss diese Gruppe mit den intelligenten Einbrechern geben", sagte er. „Sie denken, sie handeln politisch."
„Intelligente Einbrecher, pah", murmelte der Kommissar nach einer Weile.
„Und der Anschlag auf mich?"
„Vielleicht doch der Graf, und alles nur aus Eifersucht. Wir werden sehen."
„Hält der sich für einen echten Vampir?"
„Wahrscheinlich."
„Hat er Vorstrafen?"
„Ja, eine wegen Erpressung, eine als Taschendieb."
„Wie heißt er, wo kann ich mit ihm sprechen?"
„Der heißt tatsächlich Graf, Leon Graf."
„Wo wohnt der?"

Der Kommissar hob die Schultern. „Irgendwo auf St. Pauli.“ Der Kopf des Kommissars kam nicht wieder zwischen seinen Schultern hervor. Brahms hatte den Eindruck, Petersen würde langsam in sich versinken, zu einer Kugel werden.

„Wo gehen wir hin?“, fragte er.

„Wir trinken einen Kaffee im Feldstern.“

„Ach, in den ehemaligen Pferdeställen des Schlachthofs.“

„Eine Kneipe für Individualisten im Strom der stromlinienförmigen Pistengänger.“

„Sie sollten Dichter werden.“

„Die Kneipe ist eine Zeitmaschine, direkt aus den Siebziger Jahren hier gelandet. Bratkartoffeln statt Sushi.“

Petersen straffte sich wieder und schritt schneller aus. „Die Siebziger Jahre waren meine beste Zeit!“

Brahms blieb zurück, lief dann vor. Er widersprach, man lebe immer nur im gegenwärtigen Moment, die beste Zeit eines Menschen müsse immer die Gegenwart sein, denn sie sei das Ergebnis, das Fazit der Vergangenheit mit der Perspektive aller Möglichkeiten in der Zukunft.

„Wenn Hunde denken“, knurrte der Kommissar. „Und hören Sie endlich auf, herumzuwieseln. Wer immer einen Anschlag auf Sie verübt hat, er wird es kein zweites Mal tun, sondern nur noch mit seiner Deckung beschäftigt sein.“

„Aber …“

„Ruhe. Es sind in diesem Moment mindestens drei Kollegen damit beschäftigt, den Vorfall aufzuklären.“

„Es wird weder Besitzer der beteiligten Wagen noch den Fahrer geben."
Kurz vorm Feldstern erhielt der Kommissar den Anruf. Er bestätigte Brahms' Ahnung. Die Kennzeichen der Fahrzeuge waren falsch, der Name des Fahrers unbekannt.
„Wir hätten den Fahrer nicht laufen lassen dürfen. Wieso glaubte der, mit falschen Papieren durchzukommen, wenn der Unfall polizeilich aufgenommen worden wäre?", fragte Brahms.
Sie betraten den Hof der ehemaligen Rinderschlachthalle.
„Bei Unfällen überprüft die Polizei die Papiere meist nicht beim Melderegister. Trotzdem: Wir kriegen ihn." Petersen zog sein Handy aus der Tasche.
„Warum haben Sie den einfach gehen lassen! Ich begreife das nicht. Oder war das alles eine Inszenierung von Ihnen, um mich abzuschrecken? Warum haben Sie keinen Einsatzwagen gerufen?"
„Hier, gucken Sie mal." Der Kommissar zeigte ihm ein Foto auf dem kleinen Bildschirm des Mobiltelefons. „Ich habe den Mann fotografiert, als er auf uns zukam. Er dachte, ich telefoniere nur. Den haben wir bald."
Im Feldstern bestellten sie am Tresen Espresso.
„Brahms, ich will minutiös wissen, was Sie jetzt vorhaben. Zu Ihrer eigenen Sicherheit."
„Wenn Sie mir sagen, was Sie jetzt vorhaben …", gab Brahms zurück.

„Ich muss noch was essen. Wie wäre es mit einer klebrigen Leckerei im Café Stark in der Wohlwillstraße?"
Brahms schüttelte den Kopf. Er war in einem Teig gefangen, und je mehr er sich bewegte, desto tiefer versank er darin. Jeder in diesem Fall, selbst der Kommissar, wollte ihn als Rosine in seinem Kuchen.
Brahms ging auf die Toilette, betrachtete das große Fenster zur Sternstraße. Vielleicht hier raus? Er öffnete den ersten Flügel mit der Milchglasscheibe und stieß auf ein weiteres geschlossenes Industriefenster. Kein Ausweg.

26

Brahms verabschiedete sich brav von Petersen und stieg in die U-Bahn. In der Station Landungsbrücken wechselte er wegen des Hafens die Sitzseite. Die Bahn kam aus dem Tunnel, der Hafen war noch da, die Cap San Diego und die Rickmer Rickmers lagen noch an ihren Plätzen. Es war immer noch die Stadt, deren Details er genau kannte und liebte. Aber die Realität und die Menschen, die sich in den Straßen bewegten, erschienen ihm im Augenblick fremd. Er überlegte, wo er sich wohlfühlen würde, und ihm fiel nur der Hundetrainingsplatz seines Onkels im Klövensteener Forst ein. Aber einer letzten Spur wollte er noch folgen, bevor er zu den Hunden fuhr.

Die U-Bahn tauchte wieder in die Unterwelt ein. An der Station Mönckebergstraße stieg er aus und ging über die Steinstraße in die Altstädter Twiete. Ein Einschnitt in einem großen Block aus Backsteinhäusern, nur zu Fuß zu durchqueren. Hier hatte die Obdachlosenzeitschrift *Hinz & Kunzt* ihren Sitz. Der erste Raum, eine Art Café mit einem Tresen, war voll mit Verkäufern. Er sah sich um, ging dann zu der dunkelhaarigen jungen Frau am Tresen und stellte sich vor. Er beschrieb ihr den Verkäufer, der ihn vorm Café Dante abgefangen hatte.

„Was wollen Sie von ihm?“
„Ich habe neulich mit ihm gesprochen und könnte ihm vielleicht einen Job anbieten.“
Sie dachte nach, schüttelte den Kopf. Brahms beschrieb den Geruch des Mannes. Waschpulver oder Weichspüler mit der Duftmarke Frühling.
Sie lachte, hatte plötzlich Hundeaugen. „Nein, so einen kenne ich nicht, aber vielleicht …“ Sie rief laut. „Erich!“
Einer der Verkäufer mit etwas längerem Haar kam heran. Brahms beschrieb den Mann erneut. Aber auch Erich kannte ihn nicht. „Wissen Sie, es gibt viele, die gar keine *Hinz & Kunzt*-Verkäufer sind, die tun nur so.“ Er hob seinen Verkäuferausweis auf seiner Brust mit dem Daumen an. „Da müssen Sie drauf achten.“
Brahms ging hinaus, vor der Tür standen einige Raucher. Jemand tippte ihm auf die Schulter. „Ich kenne den Mann, den Sie suchen.“
Er drehte sich um. Ein schlanker Mann stand hinter ihm, der ihn mit gestreiftem T-Shirt und einem roten Kopftuch an einen Seemann erinnerte.
„Aber, wenn Sie jemanden für eine Arbeit brauchen, warum nehmen Sie nicht mich?“
„Wofür sollte ich Sie gebrauchen können?“
„Ich kann im Dunkeln sehen. So jemanden suchen Sie doch. Ich spüre, bevor eine Wand kommt, oder ob da jemand steht. Ich spüre das mit den Handflächen.“ Er streckte seine Hände aus, drehte sie. „Können diese Hände lügen?“

„Erzählen Sie schon."
„Der, den Sie suchen, der stieg am Isebekkanal aus einem Auto und kaufte mir zehn *Hinz & Kunzt* ab. Ich dachte mir gleich, der will sich als Verkäufer ausgeben. Und ein paar Wochen zuvor hat er hier unter den Verkäufern mal nach Leuten gesucht, die er für irgendwas brauchte."
Während er sprach, streckte er weiter beide Handflächen aus. „Ich glaube", sagte er, „sie müssen da was reinlegen, sonst fangen meine Hände an zu lügen."
Brahms griff in seine hintere Hosentasche und legte ihm einen Fünfer in die rechte Hand.
Der Pirat wiegte den Kopf. „Sie wollen meine Linke beleidigen."
Brahms gab der linken Handfläche ebenfalls einen Fünfer.
„Ich habe mal Flyer verteilt und da, wo ich die abholte, habe ich den Typen auch gesehen. Da war eine ganze Reihe Werkstätten. Beim S-Bahnhof Bahrenfeld in der Nähe. Ich kenne die Straßennamen nicht." Er beschrieb Brahms den Weg und steckte das Geld ein.
Brahms hob die Hand, wollte gehen.
„Wollen Sie nicht meine Einschätzung hören?"
„Doch, ja."
Er streckte wieder eine der Hände aus.
„Wie viel ist Ihre Einschätzung wert?"
„Ich habe schon unter Godeke Michels gekämpft. Sie kennen ihn?"
„Sicher. Der Pirat an Störtebekers Seite."

„Ich bin fast 700 Jahre alt."
„Wo waren Sie die ganze Zeit?"
„Man schlägt sich so durch."
Brahms zog noch mal fünf Euro hervor.
„Gut, die Leute, die er brauchte, hatten Berufe wie Mechaniker, Chemiker. Die konnten nur nicht regelmäßig arbeiten. Morgens um acht Uhr anfangen, jeden Tag, das machte die kaputt."
„Und sind die dann wieder hierhergekommen?"
„Nein, ich glaube nicht."
„Und? Ihre Einschätzung?"
„Ich will Ihnen sagen, was der Mann ist ... Er ist ein Pirat!"
„Pirat?"
„Er segelt draußen auf dem Meer der Möglichkeiten. Ein Likedeeler. Ein Räuber mit Moral. Da bin ich sicher."

27

„Ich wollte dir Noffi vorstellen“, sagte Brahms. Sie saßen im Café May in der Alsterdorfer Straße, nicht weit von Verenas Laden.

„Die Retriever-Hündin, von der du mir erzählt hast? Wo ist sie?“

„Im Auto.“

„Warum hast du sie nicht gleich mitgebracht?“

„Sie wird gleich kommen. Sie beobachtet uns.“ Brahms deutete auf sein Auto, das vor dem Café parkte.

Sie gingen nach draußen, setzten sich so, dass der Wagen im Blick war. Sie warteten auf ihren Kaffee. Beide hatten Streuselkuchen dazu bestellt, von dem eine der Bedienungen behauptete, sie habe ihn am Morgen gebacken.

„Was heißt: Noffi wird gleich kommen?“, fragte Verena.

„Wenn ich ihr das Zeichen gebe.“

„Kann sie Autotüren öffnen?“

„Nein, aber Fensterheber bedienen.“

„Ist das nicht gefährlich?“

„Wenn wir unterwegs sind, schalte ich die Kindersicherung ein.“

Brahms erhob sich und gab Noffi das Zeichen zu kommen. Gleich darauf senkte sich die Fensterscheibe. Die schwarze Hündin sprang heraus, lief zum Eingang des

Cafés und umkreiste Brahms mit heftig wedelndem Schwanz. Brahms stellte Verena Noffi vor. Und die Hündin setzte sich neben sie und legte die Schnauze auf ihre Knie. Verena war begeistert.

„Wir haben gemogelt", sagte Brahms. „Ich musste den Schlüssel stecken lassen, damit es funktioniert. Und wir haben es ein paar Mal geübt. Ich gehe und zieh den Schlüssel ab. Noffi, du bleibst hier."

Als er zurückkam, hatte sich Verena herabgebeugt und streichelte Noffi am ganzen Körper. „Was für eine schöne Hündin, und wie weich sie sich überall anfühlt. Das kenne ich gar nicht."

Kaffee und Kuchen wurden serviert. Noffis Nase hob sich über den Rand des Tisches.

„Weg da!", sagte Brahms, und Noffi senkte den Kopf.

„Kann ich ihr ein Stück geben?"

„Auf keinen Fall."

„Bitte, so ein kleines Streuselstück."

„Nur, wenn du mir ein paar ehrliche Auskünfte über die Einbrecherszene gibst. Von Petersen erfahre ich einfach nicht genug."

Verena brach vom Streuselstück eine Ecke ab.

„Nicht so viel", sagte er.

„Du willst doch alles wissen?"

Noffi fragte mit einem Blick um Erlaubnis. Brahms nickte und die Hündin nahm das Stück vorsichtig aus Verenas Hand.

„Ich habe eine direkte Konfrontation mit einer Einbrecherbande vor."

„Das solltest du nicht tun." Verena umarmte Noffi, die sich dabei sichtlich nicht ganz wohl fühlte.
„Ich weiß, Hunde und Einbrecher sind Fluchtwesen. Man darf sie nicht zu sehr umklammern."
Verena gab Noffi frei. „Oh, Entschuldigung."
„Ich will einfach mal offen mit einer der Banden reden", sagte Brahms. „Vielleicht sogar mit beiden gemeinsam."
„Zwei Banden?"
„Du weißt doch, wer es ist."
Verena wühlte in ihrer Umhängetasche und holte ihre Sonnenbrille heraus, ging dahinter in Deckung. „Damals, als ich aufhörte, gab es eine Gruppe, die sich straff militärisch organisierte. Größere Schnelligkeit wollten sie erreichen. Die nehmen alles mit, was ihnen in den Weg kommt, selbst wenn es ein Ferrari ist. Der wird schnell in einen Lastwagen verladen."
„Ach, auch Autos?"
„Du weißt schon, wen ich meine."
„Und die andere Gruppe?"
„Soviel ich weiß, haben sich davon einige abgespalten, die lieber intelligent vorgehen wollten. Die beobachten ihre Zielpersonen über lange Zeit, können deren Kontobewegungen mitlesen und wissen oft genau, wie viel Bargeld sie in der Hosentasche haben. Sie haben übrigens Kontakt zu mir gesucht, aber dann abgebrochen."
„Du bist also doch noch im Geschäft."
„Nein, es sieht nur so aus. Diese neue Gruppe, die sind irgendwie politisch motiviert. So eine Art Rote-Armee-

Fraktion als Einbrecher. Sie brechen nur bei den Reichen ein."
„Was wollten sie von dir?"
„Ich denke, sie brauchten jemand, der die Alarmanlagen ausschaltet. Der anderen Gruppe ist das ja egal. Die sind schneller als die Polizei. Aber wie du gesehen hast, sind beide Gruppen gefährlich. Wenn ihnen jemand im Weg steht, wird er umgebracht."
„Der Einbruch in der Bellevue, welche Gruppe war das?"
„Es können beide gewesen sein. Die Alarmanlage hatte etwa eine Stunde vor dem Einbruch Signal gegeben. Ich weiß nicht, warum. Eva Reitmeier rief mich an, und ich sagte, sie solle sie abstellen, ich käme am Abend und würde es mir ansehen. Es könnte also die schnelle Truppe gewesen sein, denen der Alarm völlig egal ist. Es könnte auch die intelligente Truppe gewesen sein, die eine Fehlfunktion der Anlage ausgelöst hat, damit sie abgestellt wird."
„Fehlfunktion?"
„Es ist eine Anlage, deren Elemente nicht mit Kabel, sondern per Funk miteinander verbunden sind, da ist es relativ leicht."
„Aber beide hätten doch vorher geklärt, ob jemand in der Wohnung ist?"
Verena nickte. „Stimmt."
„Wer gehört zu der neuen Gruppe?"
Sie hob die Hände. „Ich bin raus aus dem Geschäft."

„Aber es gibt eine dritte Möglichkeit“, sagte Brahms.
„Welche?
„Es ging nur um die Ermordung der Frau.“
„Wie das?“
„Der Ehemann oder die Freundin Renate Neuner könnten dahinterstecken. Und ich denke, der Graf und Renate Neuner könnten eine Beziehung haben. Nein, ich bin sicher, die haben eine.“
Verena warf ihr Kaffeeglas um, es fiel auf den Boden. Noffi erschrak und lief ein Stück davon, kam sofort zurück. Verena beugte sich herab, umhalste die Hündin.
„Es tut mir leid, ich wollte dich nicht erschrecken.“
Brahms hob das Glas auf, es war nicht zerbrochen.
„Der Graf“, sagte er, „was ist mit ihm?“
„Ich war mal mit ihm befreundet“, sagte sie. „Das ist alles.“ Sie wischte mit einer Serviette den Tisch, hörte gar nicht wieder auf, als wäre da mehr wegzuwischen, als zu sehen war. Ein Windstoß fuhr durch die Bäume am Straßenrand und ließ die Blätter rauschen. Für einen Moment waren Rauschen und Wischen im Takt.
„Der Graf!“, unterbrach Brahms.
„Wieso glaubst du, dass er mit dieser Renate Neuner zusammen ist?“ Verena warf die Serviette von sich, sie landete am Tischrand.
„Sie trinkt Blut“, sagte er.
Verena nahm die Sonnenbrille ab. „Ja, du hast wahrscheinlich recht.“ Sie versuchte, aus ihrem Gesicht eine Landschaft mit Gebirge zu machen, um ihre Qual zu zeigen. Es gelang. Brahms nahm es als Show.

„Los, beichte, du schöne Lügnerin."
„Als ich die Anlage plante, waren Renate und Eva mehrmals bei mir im Laden, und beim ersten Mal kam der Graf vorbei und flirtete mit ihr. Später habe ich ihr erzählt, was er für ein interessanter Mensch ist. Ich hoffte, ihn endlich los zu werden. Er wollte immer wieder einen neuen Anfang unserer Beziehung und fauchte alle Männer an, die sich mir näherten." Sie bewegte sich, als wollte sie etwas abschütteln, dann beugte sie sich wieder zu der Hündin. „Ach, Noffi", sagte sie. „Hunde haben es leichter."
„Nein, haben sie nicht", sagte Brahms.
„Oh, entschuldige." Sie beugte sich zu ihm, küsste ihn auf die Wange.
Ein Fahrradkurier betrat mit seinem Rucksack das Café und war gleich wieder draußen. Noffi schnüffelte ihm nach.
„Aber", sagte Verena, „wo ist das Motiv für den Mord? Petersen ist überzeugt, es war der Einbrecher."
„Ich weiß, die anderen haben Alibis."
Die Kellnerin stand in der Tür, hielt einen Karton in beiden Händen. „Ist ein Herr Brahms hier?"
Brahms hob die Hand.
Sie stellte den Karton auf den Tisch. „Wurde für Sie abgegeben."
Brahms drehte den Karton. Es gab keine Absenderangabe. Er schüttelte ihn. Er konnte nicht viel beinhalten. Vorsichtig hob er den Deckel an. Darin lag eine weiße Puppe, von großen Nadeln durchbohrt.

28

„Jetzt ist Schluss“, sagte Verena. Sie blickte in den Karton und hatte die Hände auf die Tischkante gestemmt, die Muskeln an ihren Armen traten hervor, spannten sich.

Brahms lehnte sich zurück, versuchte zu lächeln. Die Voodoo-Puppe symbolisierte genau seinen Zustand. Er fühlte sich von unbekannten Mächten benutzt und attackiert. Und immer das Gefühl, Verena verheimliche ihm etwas. Sie setzte sich und suchte in ihrem Telefon nach einer Nummer. Die Zähne zusammengebissen, Furchen im Gesicht.

Brahms beugte sich vor, streckte seine Hände aus und fuhr mit den Zeigefingern an der präzise geschnittenen Grenze ihrer Ritterfrisur entlang.

„Fauler Zauber“, sagte er.

Sie blickte kurz auf. „Nein, ich will mich nicht beruhigen.“ Sie bekam die Zähne nicht richtig auseinander. Noffi kam zu Brahms, und beide betrachteten sie.

Verena knurrte: „Guckt mich nicht so an.“

Sie wählte eine Nummer und bestellte einen Kurier ins Café May.

„Der Kerl glaubt an so was, dabei ist er Zauberer und weiß, dass alles nur Einbildung ist. Aber er hat einen

Fehler gemacht, mit dem wir diesen Zauber gegen ihn wenden können."

Sie holte einen Filzschreiber aus der Tasche, entfernte die Nadeln von der Puppe und malte ein G auf den Bauch. Dann steckte sie die Nadeln an anderen Stellen wieder hinein.

Auf dem Karton machte sie Brahms' Namen unlesbar und schrieb die Adresse Leon Grafs am Fischmarkt darauf.

Es war derselbe Fahrradkurier mit dem vom Wind schmal geschnittenen Gesicht.

„Von dieser Adresse kam der Karton doch nicht?", fragte Verena.

„Nein. Ein Mann hier in der Alsterdorfer Straße gab ihn mir. Er stieg dann in ein großes amerikanisches Geländefahrzeug."

„Jetzt bringen Sie ihn zu dieser Adresse, und wenn keiner da ist, legen Sie den Karton vor der Tür ab."

Sie bezahlte den Kurier, und erst nachdem er davongefahren war, setzte sie sich wieder und stieß die Luft aus. Brahms griff nach ihren Händen, nahm sie in seine. „Beruhige dich."

„Weißt du", sagte sie, „man muss mit einem sofortigen Gegenzauber den ersten Zauber löschen. Und er hatte vergessen, die Puppe zu kennzeichnen. Jetzt bekommt er sie zurück. Er wird sich krümmen vor Schmerz."

„Aber das funktioniert doch gar nicht."

„Doch, wenn man daran glaubt."

Brahms gab ihr einen leichten Kuss und strich mit dem

Finger von der Stirn über ihre Nase bis zum Kinn. „Hiermit befehle ich allen dunklen Schatten, aus deinem Gesicht zu verschwinden."
Verena lächelte. „Danke. Was bin ich froh, nicht mehr in dieser Fetischszene zu sein."
„Du warst dabei?"
„Ich habe dieses Lederzeugs weggeschmissen, mir alle Piercings wieder entfernen lassen, nur die eine Tätowierung ist noch geblieben."
Unter ihren Lidern kam ein Blick hervor, eine Mischung aus Unschuld und Verbrechen. „Ich will mit dir schlafen", sagte sie. „Sofort."
„Eine Frage noch: Du hast ganz bestimmt nichts mit dem Einbruch in der Bellevue zu tun, auch indirekt nicht?"
„Nein." Sie stieß die Luft durch die Nase aus, ein halbes Lachen. „Der Graf vielleicht. Ich nicht."
Er küsste sie auf die Nasenspitze.
„Was ist nun?", fragte sie.
„Unbedingt."

29

Er öffnete die Augen und befand sich in einer schwarzen Höhle. Die kleine Zweizimmerwohnung hinter dem Laden hatte Verena vollkommen schwarz gestrichen. Die schwarze Jalousie ließ kaum Licht durch. Hinter ihm in der teerfarbenen Bettwäsche schnurrte Verena. Vorsichtig hob er die Bettdecke an, stellte die Füße auf die schwarz lackierten Fußbodenbretter. Noffi, die sich kaum vom Boden abhob, klopfte mit dem Schwanz. Er legte den Finger an die Lippen.

Schwarz geht gar nicht, hatte er gesagt, dadurch wirken die kleinen Räume noch kleiner. Sie hatte die Farbgebung mit ihrer Gothic-Phase entschuldigt. Schließlich sei die Naturfarbe ihres Haares auch nicht schwarz, und das gefiele ihm doch.

Schwarz war unpraktisch. In den Falten des schwarzen Betttuches sammelten sich seine grauen Hautschuppen. Vorsichtig stand er auf, um Verena nicht zu wecken. Er ging ins Bad. Noffi erhob sich, streckte sich und folgte ihm. Brahms kraulte die Hündin am Kopf. Auch hier alles schwarz. Kacheln, Becken, schwarze Seife. Selbst das Duschgel und die Cremes befanden sich in schwarzen Behältern. Im Spiegel wirkte er wie ein Geist, dessen Haut von selbst leuchtet.

Er ging nach vorn, um in dem Laden durch die dortigen Fenster Wetter und Tageszeit abzuschätzen. Für einen Moment war er von der Helligkeit geblendet. Hier war alles weiß und aus Glas. Langsam zeichneten sich die Gegenstände ab. Auf den Stufen vor dem Laden saß jemand. Durch die senkrechten Jalousien war nicht viel zu sehen. Er ging etwas nach links, um durch die schmale Spalte der Jalousie zu sehen. Jetzt erkannte er, wer da saß. Ein Mann in einem dünnen schwarzen Umhang. Wenn er sich umdrehte, würde er seine Vampirzähne präsentieren.
Brahms zog sich zurück.
Verena hockte auf dem Bett, hatte die Bettdecke wieder wie einen Hügel sorgfältig um sich geschlungen, aus dem oben ihr Kopf herausguckte.
„Was machst du?“, fragte sie.
Er rutschte auf der Matratze zu ihr und gab ihr einen Kuss. „Es sitzt jemand vor dem Laden.“
„Wie spät ist es?“
Brahms langte nach seiner Armbanduhr. „Zehn.“
„Oh je, haben wir so viel geschlafen?“
„Nein.“ Er dachte daran, dass sie noch vor Mitternacht wieder aufgestanden und ins Sardegna in der Hudtwalckerstraße gegangen waren. Sie hatten Paolinos beliebte Pasta gegessen und zwei Flaschen Rotwein getrunken. Viel Schlaf war nicht mehr gewesen.
Verena warf die Bettdecke von sich und sprang nackt aus dem Bett. Noffi richtete sich vor ihr auf. Sie ging in die Knie und streichelte die Hündin. „Ich bin hier das

Alpha-Weibchen, das hast du hoffentlich mitgekriegt?"
Sie kam wieder hoch. „Ich muss den Laden öffnen."
„Leon Graf sitzt vor der Tür."
„Wirklich? Oh je!"
„Keine Sorge, es ist so hell draußen, er wird innerhalb weniger Minuten zu Staub zerfallen."
Verena blieb ernst, ging ins Bad, versuchte, ihr Haar zu ordnen. „Es geht nicht, dass du vorn hinausgehst."
„Ich habe Noffi als Schutz. Und meine Pistole ist mit Silberkugeln geladen."
„Hast du eine Waffe?"
„Natürlich nicht. Aber ich könnte mir einen Holzpflock schnitzen und eine rohe Knoblauchzehe essen."
„Du kannst da nicht rausgehen." Sie schüttelte den Kopf. „Er sitzt da, weil er weiß, dass du hier bist, und hat bestimmt einen blöden Trick parat, überschüttet dich mit grünem, übelriechendem Pulver und verschwindet in einer Rauchwolke oder so etwas."
Sie ging in die schwarze Küche, setzt eine schwarze Espresso-Maschine in Betrieb und holte aus einem schwarzen Schrank schwarze Tassen. Sie befahl Brahms, sich zu duschen, sie würde inzwischen ein Frühstück zubereiten, das auf Speisekarten als Frühstück auf der Flucht verzeichnet wäre.
Schon unter der Dusche begann es nach Gebratenem zu riechen. In der Küche stand ein Cappuccino für ihn, und Verena schwenkte bereits den dritten Eierteig in

der Pfanne. Noffi hatte sich über einen Teller gebeugt und fraß, ohne aufzublicken.
„Du hast auch was für den Hund?"
„Ja, klar." Ihr Grinsen zog sich fast von Ohr zu Ohr und verriet, dass sie auf Noffis Besuch vorbereitet gewesen war.
„Und warum heißt es Frühstück auf der Flucht?"
„Weil von allem zu wenig da ist, zu wenig Mehl, zu wenig Eier, zu wenig Milch."
„Nur einer ist zu viel."
„Aber der sitzt vor der Tür und ist nicht eingeladen. Und weil ich dich vor seinen Mätzchen schützen will, wirst du über den Hinterhof verschwinden." Ihr Zeigefinger fuhr durch die Luft, duldete keinen Widerspruch. Zum Schluss schickte ihn der Finger auf den Stuhl am Frühstückstisch.
„Zu Befehl."
Einer der Eierkuchen schob sich auf seinen Teller, und sein Duft sagte: „Iss mich."
Brahms griff nach Verenas Hüfte. Noffi kam heran und schob sich an ihren Beinen entlang. Für einen winzigen Augenblick stoppten alle Uhren, und die Welt vor der dunklen Höhle war voller Blumenwiesen unter blauem Himmel mit summenden Bienen. Eine Sekunde Glück.

30

Keine Wiesen. Ein schmaler Gang öffnete sich zu einem Licht, das die Augen schmerzen ließ. Ein Hinterhof. Gewerbegebäude, teils schon zu Wohnungen ausgebaut. Aber die Sonne hatte alle Wolken gelöscht und versuchte mit ihrer Kraft, Schatten in die Hinterhäuser zu brennen. Brahms stand auf einer Zufahrt, die rechts zu einem Torweg führte. Es musste der Durchgang zum Winterhuder Markt sein. Noffi folgte ihm, nahm sich an einem Grasbüschel Zeit, es zu signieren. Brahms ging voraus. Als er näher an die Durchfahrt kam, sprang hinter der Mauer eine dunkle Gestalt hervor, stellte sich breitbeinig auf. Der schwarze Umhang schwang um den Körper, das rote Futter blinkte kurz auf.

Eine Filmszene. Brahms im Licht, der Gegner im Vorteil des Schattens. Nur die Art der Waffen war unbekannt. Noffi kam heran, knurrte, hob die Lefzen.

„Ruhig." Brahms richtete sich auf, hob die Hand, als wolle er grüßend vorbeigehen. Der Graf schob den Umhang zurück, hob die Arme und ließ eine kleine Flamme von einer Hand zur anderen laufen. Noffi knurrte erneut und ging rückwärts.

Brahms applaudierte. Es hallte im Torweg.

„Ich habe dir gesagt, was bei unserer nächsten Begegnung passieren könnte." Er hüllte sich wieder in seinen

Umhang, hatte den Blick auf die Hündin gerichtet. Sie schien ihn zu beeindrucken. Brahms gab ihr den Befehl zu sitzen.
Der Graf lehnte sich an eine Mauer der Durchfahrt, langsam zeichnete sich eine mit Bleistift gezogene Linie in sein bleiches Gesicht. Ein Lächeln. „Wie stehen die Ermittlungen?"
Es hörte sich an, als wollte er Informationen austauschen.
„Es gibt fünf Verdächtige", sagte Brahms. „Zwei Einbrecher, der Ehemann der Getöteten, die Freundin und der Freund der Freundin."
„Wenn ich wollte, könnte ich dir Verena eine Zeit lang überlassen." Der Vampir zeigte Zähne.
„Die Einbrecher könnten von Eva Reitmeier überrascht worden sein. Auch der Ehemann könnte den Mord in Auftrag gegeben haben. Oder die Freundin hätte die Nebenbuhlerin persönlich aus dem Weg räumen wollen. Und der Freund der Freundin war einfach nur behilflich. Das Letzte ist mir im Augenblick die liebste Lösung, denn dieser Freund wusste, wie man die Szenerie in einen Einbruch verwandelt. Er kannte sogar das Zeichen, mit dem eine Bande ihre Einbrüche signiert. Oder?"
Der Graf lächelte und rührte sich nicht, obwohl Brahms ihn eben als Hauptverdächtigen benannt hatte. Brahms betrachtete Noffi. Sie schnüffelte in Richtung des Vampirs, zeigte aber kein besonderes Interesse mehr.

„Wie wäre es mit einem Geständnis?“, fragte Brahms und überlegte, dass Graf ein Agent, ein Mittelsmann war. Wahrscheinlich hatte er den Auftrag, ihn auszuhorchen. Und dann kam ihm ein Gedanke, von dem er noch nicht wusste, ob er ihm helfen würde. Vielleicht könnte es eine Zündschnur werden.
„Übrigens, unter dem gestohlenen Schmuck ist ein Ring mit drei kleinen Diamanten. In den Ring wurde ein Chip eingearbeitet, mit dem sich ein Safe öffnen lässt. Den Ring kann man orten“, sagte er.
Er rief Noffi, und beide gingen mit erhobenem Kopf an dem Grafen vorbei.

31

Brahms fuhr so, wie es ihm der Mann bei *Hinz & Kunzt* beschrieben hatte. Er kam zu dem Industriegelände und parkte auf dem Besucherplatz einer Firma. Große Schilder warnten, dass Unbefugte sofort abgeschleppt würden. Er ließ Noffi im Auto. Einen Wagen mit Hund würde man sicher nicht entfernen.

Dann ging er zum vorderen Eingang des Geländes. Der Komplex bestand aus drei langgestreckten flachen Ziegelbauten, die an der Straßenseite mit einem höheren Gebäude verbunden waren. Ein klassischer Fabrikbau vom ausgehenden 19. Jahrhundert. An einer Seite ein kleines separates Gebäude mit großem Schornstein, sicher das ehemalige Heiz- oder Dampfwerk. Vor 150 Jahren hatten solche Schornsteine und ihr Qualm das Bild und das Leben in der damaligen Stadt Ottensen bestimmt. Tabak- und Textilfabriken und Glashütten. Das Ergebnis waren die Löcher in den Lungen der Arbeiter gewesen. Mottenburg.

Am Haupteingang betrachtete Brahms die zahlreichen Firmenschilder der Unternehmen, die sich hier angesiedelt hatten. Aber keiner der Namen gab ihm einen Hinweis. Er spazierte zwischen den Gebäuden entlang. Ein wenig vom Geruch aus dem Zeitalter der Dampfmaschine hatte sich erhalten. Aber wahrscheinlich kam er von der heißen Sonne auf den Teerdächern. Die meisten Firmen hatten die Scheiben der eisengefassten Fenster von innen beklebt oder mit Farbe überstrichen. Aus einer Werkstatt trat ein Mann im ölverschmierten Overall, um sich eine Zigarette anzuzünden. Brahms sah durch die offene Tür einen schwarzen glänzenden älteren Opel. Ein Mann war dabei, Klebereste an den Scheiben zu entfernen. Offensichtlich war der Wagen neu lackiert worden. An einer Stelle guckte die alte rote Farbe durch.

Brahms beschrieb dem Monteur den Verkäufer des Straßenmagazins, erwähnte sogar den Geruch von Waschpulver. Der Lackierer sog zweimal an seiner Zigarette und sah dem in den Himmel ausgestoßenen Qualm nach, dann schüttelte er den Kopf.

„Sie haben ihn nie hier gesehen?"

„Nein, nie." Der Mann grinste, wusste offensichtlich, wen Brahms meinte, wollte aber keine Auskunft geben. Er ging weiter an fast allen Gebäuden entlang, dann drehte er um. Am anderen Ende kam jemand vom Haupteingang. Der graue Bart, gelblich um den Mund, war unverkennbar. Der Philosoph aus dem Elbe-Einkaufszentrum. Er ging an dem Mechaniker vorbei, wechselte mit ihm eine paar Worte, dann hob er die Hand über die Augen und erkannte Brahms. Vor einer Tür blieb er stehen und lächelte ihm entgegen.

„Sie haben lange gebraucht, um mich zu finden", sagte er und streckte die Hand aus. „Ich hatte Sie früher erwartet."

Brahms ergriff seine Hand nicht. „Es tut mir leid, wenn ich Sie habe warten lassen. Ich dachte, meine Rolle wäre schon lange zu Ende, bevor sie begann."
Der Mann bildete eine Reihe wie mit Bleistift gezogene Falten auf der Stirn.
„Ein Auftrag für mich als Signal an die Polizei, aber nicht, um wirklich etwas aufzuklären", erklärte Brahms. Ein Versuch, den Philosophen als Auftraggeber zu identifizieren.
Der Mann schob die Lippen vor, die Barthaare um den Mund spreizten sich. „Sie werden verstehen, dass es Dinge gibt, die ich nicht kommentiere."
Brahms deutete auf das Schild an der Tür. *TP Tiefbau Planungsbüro*. „Immerhin haben Sie als Philosoph eine Arbeit unter der Oberfläche gefunden."
„Der Philosophie vergleichbar."
„Was wird hier geplant?"
„Unterirdisches."
„Die Suche nach Edelsteinen, Gold, Silber?"
„Nein. Wir suchen Talente, Fähigkeiten und Erfahrungen, die diese Gesellschaft wegwirft. Oder auf einem Berg mit der Bezeichnung Arbeitslose entsorgt. Wir verfügen für jeden Bereich über Mitarbeiter, die absolute Spitzenkräfte sind. Aussortiert, weil nicht anpassungsfähig genug, weil zu alt."
Brahms schnaufte. Ein halbes Lachen. „Tiefbau. Gute Tarnung."
„Man muss unten anfangen, wenn man die Gesellschaft verändern will. Bei den Armen. Robin Hood

war auch nur ein Räuber. Die Tat, die ihn adelte, war die Wiedereinsetzung eines gerechten Herrschers. Stellen Sie sich vor, er hätte das Ziel gehabt, eine gerechte Gesellschaft zu schaffen."

„Er hätte verloren."

Der Philosoph öffnete die Tür und rief nach innen. „Ich habe Besuch mitgebracht." Eine Warnung.

Der Raum wirkte wie eine Mischung aus Büro und Labor. Brahms sah zwei Mitarbeiter hinter Computern. Die Männer nickten ihm zu. Aus ihren Bechern kam ein frischer Pfefferminzgeruch. Auf ihren Bildschirmen waren Balkendiagramme zu sehen. Ein Tarnprogramm, das sich mit einem Tastendruck aufbauen ließ.

„Es ist so weit", sagte der Philosoph. „Wir lösen das Büro auf."

„Warum?", fragte Brahms.

„Aufgrund Ihres Besuchs. Wir mussten damit rechnen. Wir dezentralisieren, ist sowieso besser."

Sie gingen in die Ecke des Raumes. Ein kleiner Tisch mit einem Sofa, daneben ein Kühlschrank mit Espressomaschine und Geschirr.

„Kaffee?"

„Gern."

Brahms setzte sich. Der Philosoph füllte die Espressomaschine nach. Brahms-Kaffee.

„Sie ziehen um, obwohl Sie erwartet haben, dass ich Sympathie für Ihre Arbeit habe."

„Ja. Aber wir wissen auch, dass Sie beobachtet wer-

den, geortet werden können, wohin Sie auch gehen. Sicherheit ist das oberste Gebot für uns."
„Von wem werde ich beobachtet?"
„Ich denke, das wissen Sie."
Sie schwiegen eine Weile, bis das Mahlen und Durchlaufen des Kaffees beendet war.
„Und jetzt wollen Sie wissen, wie weit ich mit Ihrem Auftrag gekommen bin?", fragte Brahms.
„Ich habe Ihnen einen Auftrag erteilt?"
„Ich gehe davon aus."
„Wie Sie wollen, dann erzählen Sie."
„Ich habe nichts in der Hand", begann Brahms. „Wissen Sie, wie schwierig es ist, einen Mordfall zu lösen, wenn man weder das Opfer noch den Tatort sehen, geschweige denn untersuchen kann?"
„Muss man Tatort und Opfer kennen, wenn alle Beteiligten wissen, dass Sie versuchen, diesen Fall zu lösen? Jeder wird dann versuchen, Sie zu beeinflussen, und am Ende ergibt sich daraus ein Täterprofil."
„Der Mörder entlarvt sich selbst?"
Der Philosoph nickte. „Ich erinnere mich an Kriminalromane, wo das so war. Der Detektiv holte am Ende alle Verdächtigen zusammen und erklärte ihnen, wie die Tat abgelaufen sei. Und immer verriet sich dabei der Mörder."
„Kriminalromane entsprechen nie der Wirklichkeit." Brahms trank seinen Espresso und stand auf. „Aber die Idee, alle zusammenzuholen, gefällt mir."
„Noch etwas", sagte der Philosoph, „die Polizei hat

Fotos des gestohlenen Schmucks veröffentlicht. Ein kleiner Ring mit drei Diamanten ist nicht dabei."

„Es existiert nicht von allem, was gestohlen wurde, ein Foto. Woher wissen Sie überhaupt von dem Ring?"

„Ich denke, es ist Ihr Versuch, dem Einbrecher die Unterschlagung dieses Ringes zu unterstellen. Sie wollen Zwietracht säen. Und Sie behaupten, Sie ermitteln nicht!"

Brahms ging zum Ausgang, der Philosoph folgte ihm.

„Wenn Sie umziehen, wo finde ich Sie wieder?", fragte Brahms.

„Das ist nicht nötig. Wir finden Sie."

32

Es gibt Straßen in Hamburg, die sind für Bewohner wie für Autofahrer eine Zumutung. Die Stresemannstraße gehört dazu. Sie ist Denkmal für den Versuch, eine schnelle Durchgangsstraße zu schaffen, mit dem Ergebnis der Unbewohnbarkeit. Nur der Knappheit an Mietwohnungen in Hamburg ist es zu verdanken, dass hier Menschen wohnen. Bei so manchem Autofahrer löst dies ein Schuldbewusstsein aus. Da hilft es auch nicht, dass die Bewohner für einen großen Teil der Straße die Zone Dreißig erkämpft haben. Sie ist eher ständige Mahnung an die überfahrenen Kinder.

Brahms bog von der Stresemannstraße ab in den Ring 2. In Höhe der Kreuzung Osterstraße erhob sich Noffi auf der Rückbank und streckte die Schnauze in die Höhe. Eine zurückhaltende Äußerung, dass Hunde Auslauf brauchen.

Brahms suchte einen Parkplatz und fand ihn an der hinteren Seite der Beiersdorf-Zentrale. Die kleine Grünanlage mit dem stolzen Namen „Eimsbüttler Park“ wurde aufgrund ihres Teiches von den Anliegern als „Am Weiher“ bezeichnet. Brahms ließ Noffi von der Leine, nicht ohne sie zu ermahnen, sich anständig zu benehmen. Noffi lief an den Rand eines Gebüschs, begann sich um sich selbst zu drehen.

Brahms zog einen der schwarzen Gassi-Beutel aus der Tasche und nahm Noffis Hinterlassenschaft auf, verknotete die Tüte und warf sie in einen der Papierkörbe.
Mit Blick auf den Weiher setzte er sich auf eine Bank und rief Verena an. Er würde ihr gern von dem Philosophen erzählen. Sie kannte ihn bestimmt. Wahrscheinlich war das die Einbrechergruppe, die sie engagieren wollte. Das Besetztzeichen versuchte, sein Trommelfell zu perforieren. Vom Spielplatz kamen plötzlich Rufe im gleichen Rhythmus. Er dachte daran, dass Hunde in der Nähe von Spielplätzen angeleint sein sollten. Brahms sah Noffi nicht, hörte sie aber durchs Gebüsch streifen. Er rief sie. Die Hündin streckte den Kopf aus dem Gebüsch, blickte zu ihm, dann schnüffelte sie am Boden. Sie wollte ihm damit sagen, dass sie nur noch dieser interessanten Spur folgen müsse, dann käme sie sofort.
„Nein, komm sofort her", sagte Brahms.
Noffi kam, setzte sich mit dem Rücken zu ihm.
„Du stinkst", sagte Brahms.
Noffi drehte sich um, sah ihn an.
„Okay, ich weiß, du bist ein Hund, und Hunde riechen nach Hund. Ich frage mich, ob deine Vorfahren, die Wölfe, genauso riechen."
Noffi gähnte.
„Okay, ich hab verstanden."
Ein paar Enten stürzten zwischen den Bäumen herab und landeten auf dem Weiher.

„Was ich dich fragen wollte“, begann Brahms, „wenn Wölfe jagen, tun sie das gemeinsam, aber wenn sich die Gelegenheit ergibt, jagen sie auch allein. Die Frage ist, bringen sie ihre Beute dann ins Lager, oder behalten sie alles für sich?“
Die Hündin beobachtete die Enten, ließ die Zunge aus dem Mund hängen, blickte aus den Augenwinkeln kurz zu ihm.
„Denk nicht mal dran“, warnte Brahms.
Ein brauner Pudel betrat den Park mit einer jungen Frau an der Leine.
„Im Grunde habe ich alle Details zusammen. Es bleibt eine letzte Frage zu klären. Hat sich jemand aus einer der beiden Wolfsmeuten selbstständig gemacht?“
Noffi drehte sich dem Pudel zu, beobachtete ihn und schnüffelte gleichzeitig am Fuß der Bank. Die Frau löste die Leine.
Die beiden Hunde gingen dicht aneinander vorbei, schnüffelten kurz, dann ging der Pudel weiter. Brahms grüßte die Frau. Sie sah ihn nicht an, grüßte nicht zurück. Ihre Haar und die Schuhe hatten die Farbe des Pudels.
Als sie vorbei waren, fragte Brahms: „Was sagst du dazu?“
Noffi schnüffelte rund um die Bank. Es gab Interessanteres als braune Pudel.
„Stimmt“, sagte Brahms. „Und ich dachte, in Eimsbüttel gibt es mehr Solidarität unter den Bewohnern. Aber die Gegend rund um den Weiher ist wohl was Beson-

deres. Hier herrschen noch Standesunterschiede. Wenn man dann nicht ganz reinrassig ist ... hat man schon verloren. Die riechen so etwas."
Noffi blickte ihm in die Augen.
„Ich verstehe, ich habe eine Aufgabe für dich. Ich brauche dich zu meinem Schutz. Wir fahren zu Koschke, und du setzt eine grimmige Miene auf. Ist das klar? Wir machen auf große Show!"

33

Eine Rundfahrt als Wechselbad der Stadtplanung. Hinter Eppendorf mit seinen großbürgerlichen Bauten, der dörflichen Kirche, gern für Hochzeiten genutzt, dem Idyll der Alsterüberquerung, fuhr er am Stadtpark entlang, auf der anderen Straßenseite die City Nord, eine gigantische Fehlplanung. Die Stadt wuchs nicht. Die Einwohnerzahl von 1964, rund 1,9 Millionen Einwohner, hatte sie nie wieder erreicht. Durch Barmbek, der Not gehorchend nach dem Krieg schnell aufgebaut. Zu viele öde Orte. Dann Wandsbek ohne Gestalt, mit einem zum Busbahnhof degenerierten Marktplatz. An der Rennbahn entlang nach Horn, Billstedt und schließlich Billbrook. Vorbei an alten Industriebauten. Vergessene Orte. Brahms erinnerte sich an eine Fotoausstellung. Hierher führten keine Stadtrundfahrten.

Koschke musste ihn gesehen oder geortet haben. Er stand in seinem üblichen grauen Anzug vor der Werkstatt auf der Straße. Brahms ließ sich mit dem Parkmanöver Zeit, fuhr zweimal vor und zurück, bis der rechte Winkel erreicht war. Er öffnete Noffi die Tür. Die Hündin sprang heraus, lief zu Koschke und wedelte mit dem Schwanz.

„Das ist gegen unsere Abmachung“, knurrte Brahms, als die Hündin wieder zu ihm zurückkehrte.

„Ihr Wagen ist noch nicht fertig“, rief der Mann mit der Gummiunterwäsche. „Er ist noch beim Lackieren.“
„Ich komme aus einem anderen Grund.“ Brahms ging auf den offenen Werkstatteingang zu. Es standen keine Wagen auf den beiden Reparaturplätzen, auch der Motorroller war verschwunden. Koschke blieb an der Straße stehen.
„Nun kommen Sie schon, ich muss etwas mit Ihnen besprechen.“
„Sie wollen den Hund mit reinnehmen?“
„Zur Sicherheit.“
Brahms betrat die Werkstatt und wollte durch den Seiteneingang ins Büro.
„Warten Sie“, rief Koschke. „Wir müssen hier durch.“ Er zeigte auf den offiziellen Büroeingang und lief voraus. In der Tür blieb er stehen und verlangte Brahms’ Mobiltelefon. „Es löst sonst Alarm aus, wenn Sie hier durchgehen.“
Brahms gab es ihm an der elektronischen Sperre vorbei, dann ging er selbst mit Noffi durch. „Verstehe“, sagte er. „Wer andere abhört, vermutet natürlich, auch selbst abgehört zu werden.“
Wilhelm Koschke antwortete nicht, sondern wies stumm auf einen kleinen Besprechungsraum, der durch eine Glastür vom Büro getrennt war. Das Büro war leer.
Der Besprechungsraum war mit einem Plakat einer Ölfirma und einem Oldtimerkalender dekoriert. Um

einen runden weißen Kunststofftisch standen sechs Stahlrohrstühle. Brahms ging an den Wänden entlang, betrachtete die Decke. „Ich nehme an, hier wird alles aufgezeichnet. Wo ist die Kamera?"
„Sie sind zu misstrauisch."
Brahms setzte sich. „Warum hören Sie mich ab?"
Noffi verschwand unter dem Tisch.
„Warum sollte ich das tun?" Koschke blieb stehen, stützte sich mit beiden Händen auf dem Tisch auf.
„In dem Volvo befinden sich Mikrofone und unter der Batterie ein Sender."
Koschke ließ den Kopf in seinem Anzug versinken. Eine Wolke aus Schweiß und Gummi erreichte Brahms. „Es ist der Wagen, den wir immer verleihen. Manchmal über Wochen. Ich habe nicht die geringste Ahnung, womit er ausgestattet ist. Vielleicht hat einer der Vorbesitzer ..."
Er kam wieder aus dem Anzugstoff hervor, seine Tränensäcke quollen auf die Wangen herab. Jetzt setzte er sich, lehnte sich zurück, und die Umgebung seiner Augen glättete sich. Noffi kam wieder unter dem Tisch hervor und setzte sich neben Koschke, der mit einer Hand den Hund auf dem Kopf kraulte.
„Wenn das so ist, muss ich annehmen, das Gerät wurde vielleicht von der Polizei eingebaut, um Sie und Ihre Leute abzuhören", sagte Brahms.
„Sie werden mir sicher gleich erklären, warum das sein sollte."
Brahms beugte sich vor und beschloss, es mit einer Lüge zu versuchen: „Ich habe neulich mit einem Ihrer

Mechaniker gesprochen. Er erzählte mir etwas von einem Einbruch, kurz darauf war er tot."
„Ach, der. Aber das war doch ein Verkehrsunfall. Außerdem hatte er bei mir gekündigt, und ich hatte ihn freigestellt."
„Warum?"
„Menschen, die bei mir arbeiten, müssen loyal sein."
„Er war es nicht?"
„Er arbeitete parallel bei jemand anderem."
„In Bahrenfeld bei der Konkurrenz?"
„Ich glaube ja."
„Was mir nicht gefällt, ist, dass er von einem roten Wagen angefahren wurde. Am nächsten Tag leihen Sie mir den roten Volvo, der an der Seite die passenden Spuren hat."
Koschke lachte laut und verschränkte die Arme. „Wofür halten Sie mich? Für einen Mörder?"
Brahms schwieg. Noffi blickte ihn an, wedelte schwach. Die Hündin erwartete eine Aufgabe.
„Einer Ihrer Mitarbeiter wechselt zur Konkurrenz. Da muss Ihnen der Unfall des treulosen Mechanikers ganz gelegen kommen."
Koschke stand auf und lehnte sich mit dem Rücken an die Wand. Von oben herab sah er Brahms an. „Sie sollten Ihre Vermutung ganz klar aussprechen."
„Ich erhielt einen anonymen Auftrag, einen Einbruch, bei dem ein Mord geschehen ist, aufzuklären. Entweder sind Sie mein Auftraggeber, oder Sie haben etwas mit dem Einbruch zu tun."

„Natürlich weiß ich, wer Sie sind und was Sie machen. Und ich weiß auch, um welchen Einbruch es sich handelt. Aber ich bin weder Ihr Auftraggeber, noch habe ich mit dem Einbruch etwas zu tun. Heute Morgen erhielt ich einen Hinweis, dass bei dem gestohlenen Schmuck etwas unterschlagen worden sein könnte. Ein bestimmter Ring. Es gibt also noch mehr Menschen, die glauben, ich hätte etwas mit dem Einbruch zu tun."
„Und Sie sind wirklich sicher, dass nicht einer Ihrer Mitarbeiter ..."
„Absolut!" Koschke ging zur Tür, öffnete sie und wies nach draußen. Brahms stand auf und folgte. Noffi lief voraus.
Vor der Werkstatt sagte Koschke grinsend: „Befragen Sie Ihren Hund über mich. Deshalb haben Sie ihn doch mitgebracht."
„Keine Sorge, das werde ich."

34

Sie hatte die Beine umeinander verschränkt, die Hände vor dem Bauch verknotet, die Schultern nach vorn geschoben, als versuche sie, sich hinter dem Pfahl des Verkehrsschildes vor der Sofabar am Pferdemarkt zu verstecken. Brahms lief schneller auf sie zu und umarmte sie. Verena zitterte, drängte sich an ihn. „Liebe ist für mich ein Gefühl aus Wackelpudding, Hunger und Ohnmacht. Nein, anders: Liebe ist Zucker auf einer blutenden Wunde und der Biss einer Giftschlange."

„Der Arzt ist da", lachte Brahms.

„Ich bitte um eine schnelle Behandlung."

Brahms küsste sie.

„Ein Wunder. Ich kann wieder sehen", sagte sie.

Er streckte seine Nase in ihr Haar, schnüffelte an ihrer Ohrmuschel entlang und biss sie ins Ohrläppchen.

„Bist du wahnsinnig, das ist eine Überdosis." Sie drehte sich aus seinen Armen und zog ihn hinter sich her. Drinnen ließ sie sich auf eines der alten Sofas fallen und lehnte sich weit zurück. „Hier fühle ich mich immer wie bei meinen Eltern zu Besuch."

Brahms sah sich um, der gesamte große Raum stand voller gebrauchter Sofas. Sofabar nannten deshalb alle diese Bar am Eingang der Beckstraße. Manche sagten

Zoe 2, weil sie ein Ableger der Zoe-Bar aus der Clemens-Schultz-Straße war. Auf der Getränkekarte stand SUB als Name. Brahms erinnerte sich, dass in diesen Räumen mal ein Autohändler sein Geschäft betrieben hatte. Er beugte sich zu Verena und küsste sie.

„Weißt du, im Wohnzimmer meiner Eltern steht immer noch so ein Sofa. Vielleicht ist es wirklich so, dass ich hier regressive Momente habe, mich als kleines Mädchen fühle."

„Wo wohnen deine Eltern?"

„In Henstedt-Ulzburg."

„So wie dein Name? Gehört denen dort alles?"

„Ich habe mich einfach nach dem Ort benannt, in dem ich aufgewachsen bin. Mein Künstlername."

„Du heißt gar nicht so?"

„Nein." Verena lachte. Sie zeigte auf den Tresen am Ende des Raumes. „Bringst du mir einen Milchkaffee?"

Brahms ging zum Tresen. Die Sofabar war am späten Nachmittag noch ziemlich leer. Von den annähernd zwanzig Sofas waren nur drei besetzt. Die besondere Atmosphäre des Raumes entstand aus einem Gegensatz: Die Säulen in der Mitte des Raumes waren im oberen Teil goldene Trompeten, aus ihnen strömte eine sanfte Lichtmelodie an die Decke. Die Wände machten mit Tapetenresten und darunter hervorgekommenem Putz den Eindruck von Renovierungsarbeiten.

„Wo ist Noffi?", fragte Verena, als er den Kaffee brachte.

„Ich habe sie im Auto gelassen." Brahms setzte sich neben sie.
„Gib zu, du willst selbst Hund sein?"
Er schnüffelte sich an ihrem Hals entlang ins Haar hinein. „Ich bin ein halber Hund."
„Ich weiß." Auf ihren Armen stellten sich die Härchen auf.
„Ich war heute noch mal bei Koschke."
„Ich weiß."
„Woher?"
„Ich weiß es eben." Sie presste sich die Hände gegen die Ohren. „Ich will, dass alles so bleibt. Ich will, dass die Welt aufhört, sich zu drehen."
„Ich muss weiter fragen."
Sie nickte. „Am Ende wirst du mich nicht mehr lieben."
„Ist es so schlimm?"
Sie biss sich auf die Unterlippe, beugte sich nach vorn, stützte die Ellbogen auf die Knie und verbarg ihr Gesicht mit den Händen.
„Du hast Angst vor Koschke?", fragte er.
„Der schafft die Leute angeblich zur Belohnung in die Karibik. Dann hört man nur noch, dass sie tot sind."
„Du hast für ihn gearbeitet?"
Sie nickte. „Irgendwann rächt der sich."
„Da gibt es noch einen. Seinen Namen kenne ich nicht. Ich nenne ihn Philosoph. Ich habe ihn heute auch getroffen."
„Der mit dem Vollbart?"

„Ja."
Sie drehte sich zu ihm, umarmte ihn. „Es wird immer schlimmer. Brahms, hör auf. Können wir das nicht alles vergessen und auswandern? Irgendwohin, wo uns keiner findet. Es muss doch noch Orte auf der Welt geben, wo alles einfach und klar und überschaubar ist. Wo man vor nichts und niemandem Angst haben muss."
„Du meinst eine menschenleere Gegend."
Sie zog die Nase hoch, und Brahms strich ihr über das Gesicht.
„Schon gut", sagte sie. „Also, der Philosoph heißt Faust. Er ist relativ neu im Geschäft und noch gefährlicher, weil hinter seinen Verbrechen eine Ideologie steht, die Gesellschaft zu bekämpfen. Er arbeitet mit moderneren Methoden. Er beschäftigt arbeitslose Computerspezialisten, Psychologen und Ingenieure. Die begreifen sich als revolutionäre Truppe."
„Woher weißt du das alles?"
„Ich kenne die ganze Szene. Meine aktuellen Informationen sind vom Grafen und von Petersen."
„Der Kommissar informiert dich …"
„… und ich ihn. Verstehst du?"
„Du bist V-Mann."
„V-Frau! Und du musst mir jetzt sofort sagen, wo du diesen Volker Faust getroffen hast. Der war für uns nämlich verschwunden. Und ich muss das weitergeben."
„Dein Informant, der Graf, hat dir das nicht gesagt?" Brahms spürte Gift auf seiner Zunge.

Verena blickte Brahms an. In ihren Augen war Flut. Die Lider würden das Wasser nicht mehr lange halten können. „Hör auf“, sagte sie. „Hör auf, hör auf, hör auf.“ Sie lehnte sich an ihn, drückte ihr Gesicht gegen seine Brust. „Ich will jetzt, dass du mir all diese Sachen sagst, die du mir gestern gesagt hast. Über den Schwung meiner Augenbrauen, die Linie meiner Schlüsselbeine, über meinen Bauchnabel und den Samt an meiner Schläfe. Bitte, sag es!“

35

Sie hatte seine Antwort nicht abgewartet, war aufgesprungen und hinausgelaufen. Brahms blieb sitzen. Schwer wie ein Stein mit einem Herz, das Mühe hatte zu schlagen. Er fühlte sich betrogen. Alle seine Ahnungen hatte sie bestätigt. Sie arbeitete für die Polizei. Für Petersen. Bei ihrer ersten Begegnung hatte sie es bereits gesagt. Wahrscheinlich arbeitete sie auch für die Gegenseite. Es erklärte, weshalb sich der Kommissar mit Informationen so sehr zurückgehalten hatte.
Brahms war übel, ihm schwindelte. Er erhob sich aus den Polstern, griff nach dem Holzrahmen des Sofas als Stütze. Seine Kniegelenke hatten keinen Halt. War ihre Liebe zu ihm auch nur ein Auftrag? Alles Betrug? Petersen wollte nicht, dass Verena eine Beziehung zu Brahms aufbaute. Jetzt passte alles zusammen. Was sollte aus seiner Liebe zu ihr werden? Vielleicht war es wirklich das Beste, beide würden fliehen, an einen Ort weit weg von allem.
Er verließ die Sofabar, und auf der Straße sah er sie gerade noch um die Ecke zum Schulterblatt abbiegen. Sie hatte den Kopf gesenkt, den Oberkörper weit vorgebeugt und den Gang eines Seemannes.
Er ging langsam zum Parkplatz seines Wagens in der

Schanzenstraße. Noffi war über die Lehnen nach vorn geklettert und saß hinter dem Steuer.

Brahms öffnete die Tür. „Ich weiß nicht warum, aber ich hab das Gefühl, ich brauche dich jetzt." Er leinte die Hündin an und ging mit ihr zurück zum Schulterblatt. Sie entdeckten Verena auf einer Bank gegenüber der Roten Flora. Noffi drängte sich an sie, legte ihr die Schnauze auf das Knie. Für einen kurzen Moment lächelte Verena, dann sah sie Brahms an. „Ich hätte dir von Anfang an sagen müssen, dass ich für die Polizei arbeite. Dann hättest du entscheiden können, was du mir erzählst oder nicht."

Brahms schüttelte den Kopf. „Das ist es nicht."

Verena nickte. „Ich weiß. Er hatte mich beauftragt, dich zu überwachen. Aber ich hab das abgelehnt, und da hat er gesagt, es wäre, weil du in Gefahr bist. Da habe ich dann doch zugestimmt. Ich musste ihm alles erzählen. Aufgrund der Ortung deines Mobiltelefons wusste ich immer, wo du warst. Ich wollte dich doch auch beschützen."

„Petersen hat vorausgesehen, dass diese Tatsache zu einem Problem werden könnte …"

„Ja, deshalb hat er mir eine Beziehung zu dir untersagt." Sie stand auf. „Brahms, können wir nicht einfach von vorn anfangen?" Sie umarmte ihn. „Bitte."

Langsam fuhr Brahms seine Arme aus, strich über ihren Rücken. Es konnte kein gutes Ende nehmen.

„Ich weiß", sagte sie. „Ich will es, so lange es eben geht."

„Und ich will den Job zu Ende führen. Ich denke, ich habe alle Details, muss sie nur richtig zusammenführen. Du musst mir helfen, Koschke, Faust und den Grafen an einem Ort zusammenzubringen.“

36

Die Welt als Chaos. Es gab keine Sicherheit. Alles war möglich. Wenn wirklich der Graf, Faust und Koschke zusammenkamen, konnte er Vermutungen aussprechen und anhand ihrer Reaktionen darauf die Wahrheit erkennen. Es würde ein Bild der Wirklichkeit entstehen. Die Welt als Ordnungssystem des Verbrechens. Voraussetzung war, dass Verenas Versprechen genügte, dass keine Polizei eingeschaltet wurde. Wenn es funktionierte, war Verena noch sehr stark in der Szene eingebunden.

Sie selbst wollte inzwischen dem Unfall des toten Mechanikers nachgehen. Ich brauche Noffi dazu, hatte sie gesagt.

Brahms gab ihr eine Anleitung als Hundeführerin. Ein kurzes Training zeigte, Noffi gehorchte auch ihr auf Wort und Geste. Und Brahms hatte sogar den Eindruck, als würde die Hündin viel lieber mit Verena gehen.

Zum dritten Mal fuhr Brahms durch die Stadt nach Billstedt. Diesmal wählte er einen anderen Weg. Entlang dem Alstersee mit zahlreichen Seglern darauf. Mit den angrenzenden Parks und Villen strahlte die Stadt Ferienstimmung aus. Am Berliner Tor war es vorbei mit der Hochstimmung. Links ab auf die Bundesstraße 5, Richtung Bergedorf. Der Asphalt der Depression. Wohnungen, Industrie, Büros mischten sich. Kurz vor Billbrook wurde sie zu einer Art Autobahn. Die erste Ausfahrt Horner Rampe, ein Name als Warnung vor dem folgenden Industriegebiet.

Vor Koschkes Werkstatt standen am Fußwegrand eine Reihe kleiner rotweißer Hütchen. Das Tor war offen, die beiden Reparaturplätze besetzt. Die Wagen mit den Schnauzen zur Straße. Hinterm Steuer saßen die Fahrer. Fluchtszenario.

Brahms fuhr vorbei, parkte erst nach 50 Metern. Langsam ging er zur Werkstatt zurück.

Vor dem Büroeingang lehnte ein blonder junger Mann. „Haben Sie was bei sich, dass Sie lieber nicht dabeihaben sollten?“, fragte er.

Brahms nahm die Hände halb hoch und ließ sich abtasten.

„Sind alle da?“

Der Blonde zuckte mit den Schultern und ließ ihn hineingehen. Die elektronische Sperre gab ein tiefes Brummen von sich.

Im Büro waren beide Schreibtische besetzt. Einer mit einem Mann, den er aus dem Büro in Bahrenfeld kannte. Der andere Mann stand auf und verlangte Brahms' Handy. Er ließ ihn nochmals durch die Sperre gehen. Kein Signal mehr. In einer Ecke des Raumes stand der Graf, ganz Vampir. „Ich muss jetzt gehen“, sagte er.

Brahms schüttelte den Kopf.

„Was soll ich hier?“, fragte der Graf. „Ich habe mit allem nichts zu tun.“
Hinter der Glastür des Besprechungsraums sah Brahms Faust und Koschke vor Kaffee und Keksen sitzen.
„Wenn du jetzt gehst, wirst du möglicherweise morgen zufällig überfahren. Wenn du hierbleibst, kannst du alles erklären und richtigstellen. Vielleicht wirst du dann morgen trotzdem zufällig überfahren. Entscheide selbst.“
„Ich gehe.“
„Wenn du sicher bist, dass die da drinnen alles über dich wissen, was ich über dich weiß, bitte sehr.“
„Wer garantiert mir, dass ich lebend wieder rauskomme?“
„Du bist doch unsterblich.“
Der Vampir grinste, entblößte seine silbernen Eckzähne.
„Außerdem“, fuhr Brahms fort, „habe ich das viel größere Problem, hier lebend wieder rauszukommen.“

37

Koschke und Faust erhoben sich. Brahms gab beiden die Hand.
„Vielleicht ist dies der Beginn einer wunderbaren Freundschaft“, sagte Faust. Koschke hob die Brauen. Brahms erinnerte sich, dass es ein Zitat war, wusste aber nicht, woher es stammte.
Der Graf drückte sich an beiden vorbei, nahm Aufstellung an der Wand. Die anderen setzten sich wieder. Koschke schob Brahms eine Tasse hin und goss ihm aus einer Thermoskanne Kaffee ein. Leon Graf lehnte Kaffee und Sitzplatz ab.
„Danke, dass Sie gekommen sind“, sagte Brahms. „Ich denke, Sie haben ein gemeinsames Interesse, dass die erhöhten Aktivitäten der Polizei beendet werden.“ Er presste die Lippen zu einem Grinsen zusammen. „Damit Sie alle wieder ungestört arbeiten können. Aber dazu muss ein bestimmter Täter gefunden werden.“
„Ich habe überhaupt nichts damit zu tun“, sagte Leon Graf.
Brahms ging nicht darauf ein. Jetzt fiel ihm ein, dass das Zitat aus dem Film *Casablanca* stammte, aus der Szene am Schuss. Aber wer sagte es zu wem? Faust wollte auf etwas anspielen. Fiel der Satz nicht zwischen

dem Polizeichef und Rick, nachdem dieser jemanden erschossen hatte?

„Wenn man am Ende beginnt, ist alles einfach. Ein Einbruch, bei dem eine Frau ermordet wird ..."

„Totschlag", fuhr ihm Koschke dazwischen. „Es handelt sich um Totschlag."

„Totschlag?", fragte Brahms. „Sicher?"

„Wenn ein Einbrecher überrascht wird, kann ja keine geplante Absicht vorliegen. Ein Anwalt würde so plädieren", klärte Koschke auf.

„Sie haben sich bereits erkundigt?"

„Nichts habe ich. Das weiß jeder."

„Die Spuren bei dem Einbruch ..."

Diesmal unterbrach ihn Faust. „Die absichtlich gelegten Spuren, die bei einem Einbruch mit diesem Ausgang kein Einbrecher hinterlassen würde!"

Brahms trank einen Schluck Kaffee. Bitter. Vielleicht Gift. Langsam wirkendes Gift, damit er zuvor noch alles erzählen konnte, was er wusste.

„Ich glaube", sagte Brahms, „der Mörder befindet sich hier im Raum."

„Totschlag", sagte Koschke. „Es ist Totschlag." Sein Körper bewegte sich dabei in seinem Anzug wie in einer Schale. Vielleicht lag es an seiner Gummiunterwäsche, dass der Stoff keinen Faltenwurf hatte, wie ihn Brahms von anderen Anzügen kannte.

„Und wir würden einen solchen Schauplatz nicht signieren." Faust spitzte die Lippen, als wolle er ausspucken. Alle drei blickten Leon Graf an.

„Ich soll es gewesen sein?“, schrie der Graf. „Mich wollt ihr fertigmachen? Deshalb habt ihr euch hier versammelt!“ Er griff in seinen Umhang und hatte ein Messer in der Hand.

Koschke erhob sich etwas. „Wie kam das durch die Elektronik?“

Die Tür wurde aufgestoßen, und einer der Wächter setzte dem Grafen eine Pistole gegen die Stirn und nahm ihm das Messer aus der Hand.

„Durchsucht ihn“, befahl Koschke.

Es kamen keine weiteren Waffen zum Vorschein.

Leon Graf wurde gezwungen, ebenfalls am Tisch Platz zu nehmen.

„Immerhin“, wendete sich Brahms ihm zu. „Du wusstest von der Alarmanlage bei Eva Reitmeier. Von ihrer Freundin, Renate Neuner, erfuhrst du, warum eine solche Anlage nötig war. In der Wohnung befand sich ungesicherter Schmuck im Wert von weit über 50 000 Euro.“

„Ja, stimmt. Aber ich bin doch nicht so blöd und mache den Bruch selbst.“

„Nein. Du hast diese Informationen an Koschke verkauft“, sagte Brahms.

Faust hob die Brauen. Die Barthaare am Kinn sträubten sich. „Stimmt das?“, fragte er.

„Ja“, sagte Brahms. „Er hat Sie betrogen, denn Sie haben für die Informationen ebenfalls bezahlt. Unser Vampir dachte, warum nicht zweimal kassieren?“

„Und anschließend den Bruch auch noch selber machen?“ Koschke stemmte die Hände in die Hüften.

„Quatsch", kam es von Leon Graf. „Ich habe extra gesagt, es muss schnell gehen, möglichst sofort, dann mache ich es doch nicht selber. Wir hätten uns ja in die Quere kommen können."
„Warum die Eile?", fragte Brahms.
„Weil Eva Reitmeier sich bereits nach einem Safe erkundigt hatte. Wenn das Zeug erst mal da drin liegt, wer soll den denn aufbrechen?"
„Wir kriegen jeden Safe auf", kommentierte Faust.
Koschke schüttelte den Kopf. „Und an wen hat er noch alles die Infos verkauft? Mein lieber Brahms, wissen Sie, wie viele Leute es in Hamburg gibt, die in unserer Branche arbeiten? Hunderte!"
„Aber nur zwei, die dafür im Voraus Geld bezahlen, weil in der Vergangenheit alle Tipps vom Grafen zuverlässig waren."
„Ich will mein Geld zurück", sagte Faust. Er streckte dem Vampir die offene Handfläche entgegen.
„Ich auch", schloss sich Koschke an.
„Ja, ja." Leon Graf wiegte die Schultern.
„Außerdem", sagte Faust zu Brahms, „Sie denken zu einfach. Genau aus diesem Grund verkauft unser Vampir und Zauberkünstler die Information, damit Sie denken, er gehöre nicht dazu, er sei nicht der Täter."
„Sie meinen, es ist seine Art, um die Ecke zu denken?"
„Ich wollte nur anmerken, dass er sich als Zauberkünstler betätigt, ein Profi der Ablenkung."
„Am Morgen des Einbruchs löste die Alarmanlage

aus“, sagte Brahms. „Ein solcher Fehlalarm lässt sich auch durch Funksignale auslösen.“
„Und diese Kenntnisse hat hier nur einer“, sagte Koschke und zeigte auf Faust.
„Fehlalarm, Fehlalarm, das gibt es alle fünf Minuten, weil einer den Toaster anstellt“, wehrte sich Faust.
„Da wäre noch die Sache mit dem zweiten Toten“, sagte Brahms.
„Was ist das jetzt?“, fragte der Vampir.
Brahms nickte. „Damit wird es kompliziert, und ich beginne lieber von vorn.“
Brahms schwieg einen Moment, dann zeigte er auf Koschke. „Ihr Mechaniker wartete in der Bellevue, um dem Mann im Hinterhof das Signal zu geben, wenn Eva Reitmeier das Haus verlassen würde. Und jetzt kommt es zu einem folgenschweren Irrtum. Eva und Renate waren beide in der Wohnung, frisierten und schminkten sich auf gleiche Weise, zogen dieselben Sachen an. Das taten sie oft. Am Ende sahen beide wie Zwillinge aus. Der Mechaniker sah Renate aus dem Haus gehen und dachte, es wäre Eva. Er gab das Signal für den Einbruch. Es war ja seiner Meinung nach keiner mehr in der Wohnung. Der Tod von Eva Reitmeier war also reiner Zufall. Aber der Unfalltod des Mechanikers war kein Zufall. Er musste sterben, weil sein Boss glaubte, er habe das Signal bewusst gegeben, obwohl Eva noch in der Wohnung war.“
„Der Mechaniker arbeitete längst nicht mehr für mich“, sagte Koschke.

„Es hätte eine letzte Bewährungsprobe für ihn sein können."
„Ich hatte ihn sofort freigestellt."
„Richtig. Sie sagten mir, er habe längst für die Konkurrenz gearbeitet, für das Planungsbüro von Dr. Faust."
„Die Bezeichnung Doktor ehrt mich. Aber wir haben mit dem Mann nichts zu tun."
Koschke lachte. „Wenn ich etwas sicher weiß, dann, dass er für dich arbeitete. Wir sind ihm bis zu deinem Büro gefolgt! So einen Mann setze ich doch nicht mehr ein."
„Und wir können deine Leute nicht gebrauchen. Du brauchst uns keine weiteren zu schicken." Fausts Barthaare waren in Bewegung. Er schien auf seiner Zunge zu kauen und Spucke zu sammeln.
„Was willst du damit sagen?" Koschke kam halb aus dem Stuhl hoch.
„Dass du mich reinlegen wolltest."
„Und warum sollte ich das tun?"
„Weil wir dir immer zuvorkommen."
Koschke lachte laut. „Einmal", sagte er, „ein einziges Mal. Und das ist die Schuld dieses Idioten." Er zeigte auf den Grafen. „Weil der an uns beide verkauft hat."
„Was machen Sie mit neuen Leuten?", fragte Brahms.
„Ist doch klar. Wir testen jeden neuen Mann, erst recht, wenn er von Koschke kommt."
„Sie geben ihm eine leichte Aufgabe, bei der er nichts falsch machen kann?"
Faust nickte.

„Er sollte nur aufpassen, wann die Frau die Wohnung verlässt“, fuhr Brahms fort. „Und dann gibt es zwei Frauen, und eine sieht aus wie die andere. Natürlich mussten Sie ihn für sein vermeintlich falsches Spiel bestrafen. Sie haben ihn auf seinem Motorrad angefahren, so dass er stürzte und überfahren wurde.“

Faust hob den Kopf, schnaufte. „Das gibt es nur in Ihrer Fantasie.“

„Zurück zum Einbruch.“

„Genau“, sagte Faust, „der liefert den besten Beweis, dass wir damit nichts zu tun haben. Glauben Sie wirklich, wir würden bei einem Einbruch unser Zeichen hinterlassen, bei dem eine Frau getötet wird?“

„Ihr Zeichen, richtig. Das würde nur jemand machen, der den Verdacht auf Sie lenken will.“

„So ist es.“

„Jetzt sind wir es wieder gewesen“, grinste Koschke.

Brahms wendete sich an Faust. „Vorhin haben Sie eine Art um die Ecke zu denken offenbart. Nach deren Logik Sie das Zeichen genau aus diesem Grund selbst angebracht hätten.“

„Die Gedanken sind frei“, sagte Faust. „Aber glauben Sie wirklich, wir begehen einen Einbruch und beauftragen dann einen Detektiv, herauszufinden, wer ihn begangen hat?“

„Die ganze Branche wusste von dem Auftrag an Brahms“, mischte sich Koschke ein.

„Und Sie haben mich von Anfang an überwacht. Also kam der Auftrag von Ihnen.“

„Nein, ich habe Sie nur überwacht, weil mir klar war, dass mir was in die Schuhe geschoben werden soll“, antwortete Koschke.

„Und ich selbst habe Sie gewarnt, den Auftrag anzunehmen“, sagte Faust. „Vielleicht erinnern Sie sich an das Telefongespräch.“

„Ich denke, Sie wollten unbedingt, dass ich ermittle, und Ihre Warnung sollte mich bestärken. Es entspricht Ihrer Logik.“

Brahms stand auf. Er hatte sich überschätzt. So eine Zusammenkunft aller Verdächtigen, in der sich dann der Täter selbst verriet, funktionierte nur im Kino oder in Kriminalromanen.

„Ich glaube“, sagte Faust, „wir können diese Versammlung aufheben. Unser kleiner Detektiv hat nichts gegen uns in der Hand.“

Brahms hörte das Signal für den SMS-Empfang auf seinem Handy im Vorraum. Er öffnete die Tür einen Spalt. „Was steht in der Nachricht?“, fragte er.

Einer der Männer nahm das Mobiltelefon. „Hier steht nur JA.“

Brahms hatte auf diese Nachricht von Verena gehofft. Sie hatte den Unfallwagen gefunden!

Koschke war ebenfalls aufgestanden. „Sehe ich das richtig“, sagte er zu Faust, „du bist Brahms’ Auftraggeber?“

„Ich wusste mir nicht anders zu helfen.“

„Seit wann beauftragt unsereins Privatdetektive?“

„Wir sind keine gewöhnlichen Verbrecher wie du.

Unser Ziel ist eine gerechtere Gesellschaft, ein revolutionärer Wandel."

„Bei dem Sie neuerdings über Leichen gehen", mischte sich Brahms ein. „Wir haben den Wagen, mit dem der Mechaniker angefahren wurde. Er steht in Ihrer Garage auf dem Fabrikgelände in Bahrenfeld. Jetzt ist er schwarz, aber er war mal rot. Er ist auf Sie zugelassen, Herr Doktor Faust."

38

Petersen fuhr mit einem schwarzen Wagen vorbei, dessen Motor das Geräusch eines Wasserfalls machte. Er gab Brahms ein Zeichen zu warten. Die Einfahrt auf dem Grundstück seiner Eltern war durch zwei Autos besetzt, und der Kommissar musste entfernt parken. Brahms lehnte sich an die Säule des Gartentors. Petersen kam mit schnellen Schritten heran. Zu schnell, die Bewegung pumpte das Blut in den Kopf. Der Überdruck entlud sich in kleinen Schweißperlen auf der roten Haut.

„Ich lasse Sie verhaften, Lutz Brahms", rief er, und es folgten noch ein paar Flüche. Es machte ihn atemlos.

„Bernd Petersen, Sie sollten ein wenig abnehmen."

Der Kommissar wischte die Bemerkung mit der Hand zur Seite. „Sie haben vierundzwanzig Stunden einen Mörder gedeckt. Hätte Frau Henstedt nicht sofort den am Unfall beteiligten Wagen sicherstellen lassen, hätte Faust alle Beweise vernichtet." Seine Stimme erreichte eine ungewohnte Höhe. Luft war noch Mangelware in seiner Lunge.

„Es war eine Abmachung mit meinen Gesprächspartnern."

„Eine Abmachung mit Verbrechern!" Der Kommissar hielt sich jetzt an der zweiten Säule des Gartentors fest.

Er beugte sich vor, atmete tief ein und kam wieder hoch.
„Was wollen Sie, der Staat honoriert sogar Verbrecher, um andere Verbrecher zu fangen."
„Davon weiß ich nichts." Allmählich beruhigten sich die flatternden Lungenflügel.
„Brahms, wie stellen Sie sich unsere Zusammenarbeit vor."
„Zusammenarbeit? Erinnern Sie sich, Sie wollten mir nicht einmal den Tatort zeigen."
„Ich bin Polizeibeamter, und Sie sind privater Ermittler. Da besteht ein gewaltiger Unterschied."
„Müssen wir dieses Gespräch auf der Straße führen?"
„Ich wollte Ihren Vater schonen."
Brahms öffnete die Gartenpforte und ließ den Kommissar vorgehen. Er drehte sich um. „Übrigens, wir haben ihn."
„Tatsächlich."
„Nachdem wir einen seiner Leute festnahmen, war es einfach. Die schwedischen Kollegen haben Faust in seiner Fluchthütte in den Wäldern verhaftet. Der Staatsanwalt will ihn wegen Totschlags und Mord anklagen." Er zog sein Handy heraus, zeigte das Foto des Mannes, der mit seinem Wagen Brahms fast überfahren hätte. „Und den haben wir auch. Und wir können ihm eine Verbindung zu Faust nachweisen. Er kriegt eine Anklage wegen Mordversuchs."
Verena kam mit einem Handwerker um die Hausecke, sie winkte, dann gab sie dem Mann Anweisungen.

Brahms öffnete die Haustür. „Warum haben Sie ihr eigentlich eine Beziehung mit mir verboten?"
„Ich wollte das arme Mädchen schonen. Es war doch nur eine Frage der Zeit, dass Sie die Wahrheit über sie herausfinden."
„Wir versuchen es trotzdem."
Brahms' Mutter Elisabeth stand im Foyer, umarmte Bernd Petersen und gab ihm einen Kuss auf die Wange. „Sie sind ja jetzt schon erhitzt. Wie wollen Sie das Kegeln durchhalten?"
„Sie gehen mit meinem Vater zum Kegeln?"
„Mit Freunden von früher."
„Und was ist mit den Rückenschmerzen meines Vaters?"
„Er sagt, es sei eine gute Bewegung im Rahmen seiner Therapie."
Brahms umarmte seine Mutter, küsste sie, und sie flüsterte: „Dein Vater übertreibt immer ein bisschen mit seinen Schmerzen. Du weißt doch, was er erreichen will. Du sollst in die Firma eintreten."

39

Brahms' Eltern hatten sich für einen elektrischen Hund entschieden. Trittschalter rund ums Haus, die erst auf das Gewicht eines Menschen reagierten und Hundegebell auslösten. Verena wies die Handwerker an. Sein Vater und Petersen waren gegangen. Brahms setzte sich zu seiner Mutter ins Wohnzimmer. Für kurze Momente war immer wieder Verena draußen vor den Fenstern zu sehen.

„Ich hab nichts gegen sie", sagte seine Mutter. „Sie ist sehr nett, aber woher kommt sie?"

„Ich fürchte, aus der Schicht der Unterprivilegierten."

„Das macht ja nichts, aber die blauschwarz gefärbten Haare und diese Tätowierung ..."

„Und ich habe eine Mutter, die versucht, sich immer wieder in Schauspielerinnen der Fünfziger Jahre zu verwandeln", unterbrach er sie.

„Na ja, das ist ja was anderes. Aber wenn ich mir vorstelle, sie kommt zu einem unserer Empfänge ... ich weiß nicht ... ich weiß nicht."

„Ich liebe sie." Manchmal schmeckte er etwas Bitteres an der Wurzel seiner Zunge.

„Aber diese Tätowierung ... Ist das ein Totenkopf?"

Gunter Gerlach

wurde zwar in Leipzig geboren, lebt aber schon so lange in Hamburg, dass er sich einen besseren Wohnort kaum noch vorstellen kann. Er hat eine Reihe von Romanen und Krimis veröffentlicht und zahlreiche Preise bekommen, unter anderem den Deutschen Krimipreis. Die deutschen Krimiautoren haben ihm ihren Friedrich-Glauser-Preis für Kurzgeschichten bereits zweimal verliehen. Sein Protagonist Brahms schnüffelt regelmäßig mit seiner Spürnase durch Hamburg. Bisher sind erschienen „Tod in Hamburg“, „Liebe und Tod in Hamburg“, „Mord ohne Leiche“ sowie die Kurzgeschichtensammlung „Von Mädchen und Mördern“.

Mehr über den Autor unter www.gunter-gerlach.de

Bibliografische Information der Deutschen Bibliothek
Die Deutsche Bibliothek verzeichnet diese Publikation in der Deutschen Nationalbibliografie; detaillierte bibliografische Daten sind im Internet über <http://dnb.ddb.de> abrufbar.

ISBN 978-3-8319-0409-9

Lektorat: Werner Irro, Hamburg
Gestaltung: Büro Brückner + Partner, Bremen
Gesamtherstellung: CPI books GmbH, Leck
www.ellert-richter.de

Titelbild: Jerzy Modrak / Agentur Bilderberg